외롭고 높고 쓸쓸한

외롭고 높고 쓸쓸한

안도현 시집

문학동네

自序

1989년 그 여름 이후 나를 키운 것은 내 이름 앞에 붙은 해직교사라는 말이었다. 그 말이 나의 상상력을 옥죄어 가두려고 할 때 나는 자꾸 문학적 자유주의자가 되고 싶어했으며, 이따금 나의 방종의 속이 훤히 들여다보일 때는 그 말로 나를 맵게 다스리려고 애를 썼다.

이제 그것을 나로부터 떼어내야 할 시간이 가까워온다. 가슴이 아프다. 나 자신도 변해야 하리라.

하지만 이것만은 버리지 못하겠다. 시에다 삶을 밀착시키고 삶에다 시를 밀착시키는 일, 그리하여 시와 삶이 궁극적으로 완전한 하나가 되지는 못한다 할지라도, 거의 하나에 가까워지도록 만드는, 그 둥글디둥근 꿈 말이다.

모든 것들이 좀더 가난해지기를, 좀더 외로워지기를, 좀더 높아지기를, 좀더 쓸쓸해지기를.

1994년 1월

안도현

차례

3부

4부

5부

1부

너에게 묻는다

연탄재 함부로 발로 차지 마라
너는
누구에게 한 번이라도 뜨거운 사람이었느냐

연탄 한 장

또다른 말도 많고 많지만
삶이란
나 아닌 그 누구에게
기꺼이 연탄 한 장 되는 것

방구들 선득선득해지는 날부터 이듬해 봄까지
조선팔도 거리에서 제일 아름다운 것은
연탄차가 부릉부릉
힘쓰며 언덕길 오르는 거라네
해야 할 일이 무엇인가를 알고 있다는 듯이
연탄은, 일단 제 몸에 불이 옮겨 붙었다 하면
하염없이 뜨거워지는 것
매일 따스한 밥과 국물 퍼먹으면서도 몰랐네
온몸으로 사랑하고 나면
한 덩이 재로 쓸쓸하게 남는 게 두려워
여태껏 나는 그 누구에게 연탄 한 장도 되지 못하였네

생각하면

삶이란

나를 산산이 으깨는 일

눈 내려 세상이 미끄러운 어느 이른 아침에

나 아닌 그 누가 마음 놓고 걸어갈

그 길을 만들 줄도 몰랐었네, 나는

반쯤 깨진 연탄

언젠가는 나도 활활 타오르고 싶은 것이다
나를 끝 닿는 데까지 한번 밀어붙여보고 싶은 것이다
타고 왔던 트럭에 실려 다시 돌아가면
연탄, 처음으로 붙여진 나의 이름도
으깨어져 나의 존재도 까마득히 뭉개질 터이니
죽어도 여기서 찬란한 끝장을 한번 보고 싶은 것이다
나를 기다리고 있는 뜨거운 밑불 위에
지금은 인정머리없이 차가운, 갈라진 내 몸을 얹고
아래쪽부터 불이 건너와 옮겨 붙기를
시간의 바통을 내가 넘겨받는 순간이 오기를
그리하여 서서히 온몸이 벌겋게 달아오르기를
나도 느껴보고 싶은 것이다
나도 보고 싶은 것이다
모두들 잠든 깊은 밤에 눈에 빨갛게 불을 켜고
구들장 속이 얼마나 침침한지 손을 뻗어보고 싶은 것이다
나로 하여 푸근한 잠 자는 처녀의 등허리를

밤새도록 슬금슬금 만져도 보고 싶은 것이다

해와 달

이 고개 넘다가
호랑이가 턱 버티고 서서
팔뚝 하나 달라 하면
팔뚝 하나 떼어 주어야지요

저 고개 넘다가
호랑이가 턱 버티고 서서
발목 하나 달라 하면
발목 하나 떼어 주어야지요

하지만 두 눈만은 똑바로 뜨고
오래 오래 바라보아야겠어요
이 고개 넘으면
또 저 고개
해가 지고 나면
어느새 달이 떠올라
이 풍진 세상을 골고루 비추는 것을

내 두 눈 짓물러지도록 바라보아야겠어요

기관차를 위하여

기관차야, 스스로 너는 힘을 내 달린다고 생각하겠지
하찮은 일에서부터 세상을 움직이는 큰일까지
혼자 힘으로는 될 수 없는 게 너무 많다는 것을 모르고
기관사가 타고 서울역에서 출발하기만 하면
어디든 닿을 수 있다고 너는 생각하겠지

그래서 떠나기도 전에 그렇게 소리를 지르는구나
가령 객차에 한 사람의 손님도 타지 않았다면
화물칸에 라면 상자 하나 싣지 않았다면
비록 떠난다고 해도 너는 우스운 쇳덩어리일 뿐
그 누구에게도 추억이 될 수 없을 거야

이 세상 끝에서 끝까지 얼마나 많은
철길들이 서로 어깨 끼고 있는 줄도 모르고
부산이나 목포까지 갔다 왔다고 기적을 울리며
플랫폼으로 들어오는 기관차야, 자만심을 버려야 해
국경을 건너고 거친 대륙을 횡단하기 전에는

한반도는 슬픈 작은 섬일 뿐이야

내 어린 시절, 기차를 몇 번 타봤는지
얼마만큼 먼 곳까지 타고 갔다 돌아왔는지 내기할 때마다
시골뜨기 나는 미리 주눅이 들곤 했었는데
나중에 커서야 알았지 세상을 많이 아는 것도 어렵지만
세상하고 더불어 사는 건 더욱 벅차다는 것을

이제 슬쩍 너에게만 말해줄 게 있는데
기관차야, 요즈음 사람들이 기차를 타고
삶은 계란을 잘 사먹지 않는 까닭을 말이야 그것은
삶으로부터 그만큼 멀리 떨어져 있다는 뜻이고
혼자 여행을 떠나는 일에 길들여져 있기 때문이란다

그저 스치고 지나가는 간이역의 이름처럼
앞으로 남은 많은 날들이 너를 녹슬게 하겠지만

기관차야, 철길 위에 버티고 서 있지 말고
새 길을 만들어 달릴 때 너는 기관차인 것이다
끝이다, 더는 못 간다 싶을 때 힘을 내
달릴 수 있어야 모두들 너를 힘센 기관차로 부를 것이다

모항으로 가는 길

너, 문득 떠나고 싶을 때 있지?
마른 코딱지 같은 생활 따윈 눈 딱 감고 떼어내고 말이야
비로소 여행이란,
인생의 쓴맛 본 자들이 떠나는 것이니까
세상이 우리를 내버렸다는 생각이 들 때
우리 스스로 세상을 한번쯤 내동댕이쳐보는 거야
오른쪽 옆구리에 변산 앞바다를 끼고 모항에 가는 거야

부안읍에서 버스로 삼십 분쯤 달리면
객짓밥 먹다가 석삼 년 만에 제 집에 드는 한량처럼
거드럭거리는 바다가 보일 거야
먼 데서 오신 것 같은데 통성명이나 하자고,
조용하고 깨끗한 방도 있다고,
바다는 너의 옷자락을 잡고 놓아주지 않을지도 모르지
그러면 대수롭지 않은 듯 한마디 던지면 돼
모항에 가는 길이라고 말이야

모항을 아는 것은
변산의 똥구멍까지 속속들이 다 안다는 뜻이거든

모항 가는 길은 우리들 생이 그래왔듯이
구불구불하지, 이 길은 말하자면
좌편향과 우편향을 극복하는 길이기도 한데
이 세상에 없는 길을 만드는 싸움에 나섰다가 지친 너는,
너는 비록 지쳤으나
승리하지 못했으나 그러나, 지지는 않았지
저 잘난 세상쯤이야 수평선 위에 하늘 한 폭으로 걸어두고
가는 길에 변산 해수욕장이나 채석강 쪽에서 잠시
바람 속에 마음을 말려도 좋을 거야
그러나 지체하지는 말아야 해
모항에 도착하기 전에 풍경에 취하는 것은
그야말로 촌스러우니까

조금만 더 가면 훌륭한 게 나올 거라는
믿기 싫지만, 그래도 던져버릴 수 없는 희망이
여기까지 우리를 데리고 온 것처럼
모항도 그렇게 가는 거야

모항에 도착하면
바다를 껴안고 하룻밤 잘 수 있을 거야
어떻게 그런 일이 가능하냐고 너는 물어오겠지
아니, 몸에다 마음을 비벼넣어 섞는 그런 것을
꼭 누가 시시콜콜 가르쳐줘야 아나?
걱정하지 마, 모항이 보이는 길 위에 서기만 하면
이미 모항이 네 몸 속에 들어와 있을 테니까

마늘밭 가에서

비가 뚝 그치자
마늘밭에 햇볕이 내려옵니다
마늘순이 한 뼘씩 쑥쑥 자랍니다
나는 밭 가에 쪼그리고 앉아
땅 속 깊은 곳에서
마늘이 얼마나 통통하게 여물었는지 생각합니다
때가 오면
혀끝을 알알하게 쏘고 말
삼겹살에도 쌈 싸서 먹고
장아찌도 될 마늘들이
세상을 꽉 껴안고 굵어가는 것을 생각합니다

모악산을 오르며

산을 오른다
몇 해 만인가 참으로 홀가분하게
집 나오면 생활의 궁핍도 곤곤한 투쟁도 나의 것이 아닌 듯 여겨져
좀더 깊이 안으로 들어가면
혹시 신선이 될지도 모른다고 생각하며
오리나무숲을 헤치고 개암나무잎을 만져도 보며
산을 오른다
내가 위로 올라갈수록
발갛게 물들어가는 단풍나무들이 하나둘 아래로 내려오는 것이 보이고
나는 그래서 아, 탄식이라도 내뱉고 싶지만
이 큰 산에 비해 내가 너무 작은 것 같아
아뭇 소리 않고 오른다
산은 위로 오를수록 더 깊어지는데
나는 저 아래 도시에서 한 뼘이라도 아파트 평수를 늘리려고

얼마나 얕은 물가에서 첨벙대기만 했던가
세상을 휘감고 흐르는 강물이 되지 못하고
하릴없이 바짓가랑이만 적셔왔던가
산에 오르는 일을 한낱 사치로 여기던 내 어리석음과
잘 보이지 않는 미래에 대해 애타던 조바심을
솔방울로 힘껏 멀리 내던지고는
한 발 두 발 오르다가보면
턱끝까지 숨이 차오를 때가 있는데 그러면
나는 이 세상에 결국은 고생하기 위해 왔다고 생각하며
산다는 것은
조금만 더, 조금만 더 이제
저기까지만 더 가보자, 하면서 앞으로 나아가는 것이
라고
내 나름대로 언뜻 결론 지어보면서
칡넝쿨을 만나면 칡넝쿨로 누워 얼크러지다가
시누대숲을 만나면 시누대로 서서 흔들리면서
산을 오른다

내려갈 길을 분명히 알고 있다면

나는 나를 잊고 오르리라

깊은 밤에 여우가 다가와 내게 꼬리를 툭 치고 지나갈 일을

잠시, 상상해보기도 하리라

제비꽃

제비꽃 한 포기
오순도순 돋아난 걸 보고
들길 가던 유경이가 무슨 꽃이냐고 묻는다

나는 제비꽃이라고 가르쳐주었다
또 오랑캐꽃으로도 부른다고

한참 동안 그 오롯한 것을 들여다보면서
유경이와 나는 들녘에서
둘이서 이 세상을 반반씩 다 알았다

햇볕도 관심 있다는 듯 우리를 오래 비추었다

땅

내게 땅이 있다면
거기에 나팔꽃을 심으리
때가 오면
아침부터 저녁까지 보랏빛 나팔 소리가
내 귀를 즐겁게 하리
하늘 속으로 덩굴이 애쓰며 손을 내미는 것도
날마다 눈물 젖은 눈으로 바라보리
내게 땅이 있다면
내 아들에게는 한 평도 물려주지 않으리
다만 나팔꽃이 다 피었다 진 자리에
동그랗게 맺힌 꽃씨를 모아
아직 터지지 않은 세계를 주리

2부

군산 앞바다

올 때마다 가라앉는 것 같다
군산 앞바다,
시커먼 물이 돌이킬 수 없도록
금강 하구 쪽에서 오면
꾸역꾸역, 수면에 배를 깔고
수만 마리 죽은 갈매기떼도 온다
사랑도 역사도 흉터투성이다
그것을 아둥바둥, 지우려고 하지 않는 바다는
늘 자기반성하는 것 같다
이 엉망진창 속에 닻을 내리고
물결에 몸을 뜯어먹히는 게 즐거운
낡은 선박 몇 척,
입술이 부르튼 깃발을 달고
오래 시달린 자들이 지니는 견결한 슬픔을 놓지 못하여
기어이 놓지 못하여 검은 멍이 드는 서해

먼 불빛

들녘 끝으로 불빛들이
일렬횡대로 줄지어 서 있는 만경평야
이 세상 개울물을 잠방잠방 맨 처음 건너는
아이들 같구나
너희도 저녁밥 먹으러 가느냐
날 추운데 쉬운 일이 아니다 결코
저 스스로 몸에다 불을 켠다는 것
그리하여 남에게 먼 불빛이 된다는 것은
나는 오늘 하루 밥값을 했는가
못 했는가 생각할수록 어두워지는구나

국방색 바지에 대하여

저 벽에 걸린 바지는
국방색이다
단단한 청춘의 허벅지가 쑥 빠져나갔다
나는 후줄그레한 저 바지를 볼 때마다
우리들의 조국의 뒷골목을 돌아가야 빠끔하게 간판불을 달고 있는
여인숙을 생각한다
그리운 냄새가 킁킁, 날 것도 같다
휴전선 이남에서 국방색 바지 입고 좆빠이친 사내들 중에
50년대 이후 거기 누워 옆방에서
힘쓰는 소리, 욕지거리 한번 들어보지 않은 놈 있으면
나와봐라, 국방색 바지가 걸려 있는 모든 방은
그래서 붉은 유곽이며
우리는 유곽이 키운 자식들이다
빳빳하게 다린 바지 훌러덩 벗고 그곳을 통과하지 않고는

누구도 어른이 될 수 없는 나라에서
그 바지 속에다 팽팽한 두 다리를 밀어넣고
헌 자전거 타고 연대본부에 출근하던 나는
방위병이었다. 그때
군용트럭 위에서 여자만 보면 주먹감자를 먹이던
현역들의 성욕을 내가 이해하지 못했던 것은
그들의 국방색 바지 속에 숨어 있는
욕망의 종소리를 듣지 못했기 때문이다
그들이 짬밥을 퍼먹을 때
나는 어머니가 차려준 밥을 먹었기 때문이다
그리고 아침마다 어이 물방위, 하고 불러서는 차렷, 열중쉬어 시키던
한참이나 어린 상병의 낯짝에 침 한번 뱉지 못했던 것도
계급 때문이 아니라
내가 국방색 바지를 그보다 먼저 벗게 되기 때문이었다
생전에 우리 아버지는 군에 가면 밥도 주고 옷도 주고

그래야 사람이 된다, 하셨지만
나는 내 아들에게는 다시는 입히지 않을
녹슨 못대가리에 달랑 매달려 있는
치욕의 빈 껍데기 같은
저 국방색 바지

튀밥에 대하여

변두리 공터 부근
적막이며 개똥무더기를 동무 삼아 지나가다보면
난데없이 옆구리를 치는 뜨거운
튀밥 냄새 만날 때 있지
그짓 하다 들킨 똥개처럼 놀라 돌아보면
망할 놈의 튀밥장수, 망하기는커녕
한 이십 년 전부터 그저 그래왔다는 듯이
뭉게뭉게 단내 나는 김을 피워올리고
생각나지, 햇볕처럼 하얀 튀밥을
하나라도 더 주워 먹으려고 우르르 몰리던
그때, 우리는 영락없는 송사리떼였지
흑백사진 속으로 60년대며 70년대 다 들여보내고
세상에 뛰쳐나온 우리들
풍문으로 듣고 있지, 지금 누구는
나무를 타고 오른다는 가물치가 되었다 하고
누구는 팔뚝만한 메기가 되어 진흙탕에서 놀고
또 누구는 모래무지 되고 붕어도 잉어도 되었다는데

삶이 가르쳐준 길을 따라 제대로
나는 가고 있는지, 가령
쌀 한됫박에 감미료 조금 넣고
한없이 돌리다가 어느 순간 뻥, 튀밥을 한 자루나 만들어내는 것처럼
순식간에 뒤집히는 삶을 기다려오지는 않았는지
튀밥으로 배 채우려는 욕심이 크면 클수록
입 안에는 혓바늘이 각성처럼 돋지
안 먹겠다고, 저녁밥 안 먹겠다고 떼쓰다
어머니한테 혼나고 매만 맞는 거지

겨울밤에 시쓰기

연탄불 갈아보았는가
겨울밤 세시나 네시 무렵에
일어나기는 죽어도 싫고, 그렇다고 안 일어날 수도 없을 때
때를 놓쳤다가는
라면 하나도 끓여 먹을 수 없다는 생각을 하고는
벌떡 일어나 육십촉 백열전구를 켜고
눈 부비며 드르륵, 부엌으로 난 미닫이문을 열어보았는가
처마 밑으로 흰 눈이 계층상승욕구처럼 쌓이던 밤

나는 그밤에 대해 지금부터 쓰려고 한다
연탄을 갈아본 사람이 존재의 밑바닥을 안다,
이렇게 썼다가는 지우고
연탄집게 한번 잡아보지 않고 삶을 안다고 하지 마라,
이렇게 썼다가는 다시 지우고 볼펜을 놓고
세상을 내다본다, 세상은 폭설 속에서

숨을 헐떡이다가 금방 멈춰 선 증기기관차 같다
희망을 노래하는 일이 왜 이렇게 힘이 드는가를 생각하는 동안
내가 사는 아파트 공단 마을
다닥다닥 붙은 어느 자취방 들창문에 문득 불이 켜진다
그러면 나는 누군가 자기 자신을 힘겹게도 끙, 일으켜 세워
연탄을 갈고 있을지도 모른다고 생각한다
이리수출자유지역 귀금속공장에 나가는 그는
근로기준법 한줄 읽지 않은 어린 노동자
밤새 철야작업 하고 왔거나
술 한잔 하고는 좆도 씨발, 비틀거리며 와서
빨간 눈으로 연탄 불구멍을 맞추고 있을지도 모른다고 생각한다
다 타버린 연탄재 같은 몇 장의 삭은 꿈을
버리지 못하고, 부엌 구석에 차곡차곡 쌓아두고

연탄 냄새에게 자기 자신이 들키지 않으려고
그는 될수록 오래 숨을 참을 것이다
아아 그러나, 그것은 연탄을 갈아본 사람만이 아는
참을 수 없는 치욕과도 같은 것
불현듯 나는 서러워진다
그칠 줄 모르고 쏟아지는 눈발 때문이 아니라
시 몇 줄에 아둥바둥 매달려 지내온 날들이 무엇이었나 싶어서
나는 그 동안 세상 바깥에서 세상 속을 몰래 훔쳐보기만 했던 것이다

다시, 볼펜을 잡아야겠다
낮은 곳으로 자꾸 제 몸을 들이미는 눈발이
오늘밤 내 사랑하는 사람들에게 이불이 되었으면 좋겠다, 라고
나는 써야겠다, 이 세상의 한복판에서
지금 내가 쓰는 시가 밥이 되고 국물이 되도록

끝없이 쓰다보면 겨울밤 세시나 네시쯤
내 방의 꺼지지 않은 불빛을 보고 누군가 중얼거릴 것이다
살아야겠다고, 흰 종이 위에다 꾹꾹 눌러
이 세상을 사랑해야겠다고 쓰고 또 쓸 것이다

나의 경제

구두를 신으면서 아내한테 차비 좀, 하면 만원을 준다
전주까지 왔다갔다하려면 시내버스비 210원 곱하기 4에다
더하기 직행버스비 870원 곱하기 2에다
더하기 점심 짜장면 한 그릇 값 1,800원 하면
좀 남는다 나는 남는 돈으로 무얼 할까 생각하면서
벼랑 끝에 내몰린 나의 경제야, 아주 나지막하게
불러본다 또 어떤 날은 차비 좀, 하면 오만원도 준다
일 주일 동안 써야 된다고 아내는 콩콩거리며 일찍 들어와요 하지만
나는 병천이 형한테 그 동안 술 얻어먹은 것 염치도 없고 하니
그런 날 저녁에는 소주에다 감자탕이라도 사야겠다고 생각한다
또 며칠 후에 구두를 신으면서 아내한테 차비 좀, 하면
월말이라 세금 내고 뭐 내고 해서 천원짜리 몇뿐이라는데

사천원을 받아들고 바지주머니 속에 짤랑거리는 동전이 얼마나 되나
손을 슬쩍 넣어본다 동전테가 까끌까끌한 게 많아야 하는데
손톱 끝이 미끌미끌하다 나는 갑자기 쓸쓸해져서
오늘 점심은 라면으로나 한 끼 때울까 생각한다
또 그 다음날도 구두를 신으면서 아내한테 차비 좀, 하면
대뜸 한다는 말이 뭐 때문에 사는지 모르겠다고
유경이 피아노학원비도 오늘까지 내야 한다고 아내는
운다, 나는 슬퍼진다 나는 도대체 아무 생각도 나지 않는다
어제도 그랬다 길 가다 오랜만에 만난 친구가
새끼들 데리고 요즘 어떻게 먹고사느냐고, 근심스럽다는 듯이
나의 경제를 훤히 들여다보고 있다는 듯이 물었을 때
나는 그랬다 살아보니까 살아지더라, 잘 먹고 잘 산다고

그게 지금은 후회된다 좀더 고통의 포즈를 취할 것을
이놈의 세상 팍 갈아엎어버려야지, 하며 주먹이라도 좀 쥐어볼 것을
아니면, 나는 한 달에 전교조에서 나오는 생계보조비를
31만원이나 받는다 현직에 계신 선생님들이 봉급에서 쪼개주신 거다
그래 자기 봉급에서 다달이 만원을 쪼개 남에게 준다는 것
그것 받을 때마다 받는 사람 가슴이 더 쓰린 것
이것이 우리들의 이데올로기다 우리들의 사상이다
이렇게 자랑이라도 좀 떠벌리면서 그래서
입으로만 걱정하는 친구놈 뒤통수나 좀 긁어줄 것을
나의 경제야, 나는 내가 자꾸 무서워지는구나
사내가 주머니에 돈 떨어지면 좁쌀처럼 자잘해진다고
어떻게든 돈 벌 궁리나 좀 해보라고 어머니는 말씀하시지만
그까짓 돈 몇 푼 때문에 친구한테도 증오를 들이대려는

나 자신이 사실은 더 걱정이구나 이러다가는 정말

작아지고 작아지고 작아져서 한 마리 딱정벌레나 되지 않을지

나는 요즘 그게 제일 걱정이구나

집

삶이 참 팍팍하다 여겨질 때, 손님 두어 사람만 와도
신발 벗어두는 곳이 좁아 신발들끼리 엎치락뒤치락 난장판일 때
어린 아들은 떼쓰며 울고 돈은 떨어져 술상 차리기도 곤란해지면
아내는 좀더 넓은 평수로 이사 갔으면 좋겠다고
쌀을 안치다가도 파를 다듬다가도 좀더 넓은 평수, 평수 하는데
팍팍하다 못해 삶이 더는 앞으로 나아갈 것 같지 않을 때
나는 전에 살던 집을 생각하고 그곳으로 가고 싶어진다

단칸 셋방에서 딸아이 하나 낳아 기저귀 갈아주던 때
먼 데서 친구가 오면 아이 들쳐업고 아내는 친정 가서 자고
내 친구하고 밤늦도록 술 마시고 깬 다음날 아침에는
부엌에서 술국 끓이는 냄새가 꿈결인 듯 스며들던 집

식구가 단출한지라 변소 푸고 나서도 오물세를 조금만 내고
주인집 인터폰 옆에 딩동딩동 소리 나는 벨 하나 대문에 달고
내가 늦게 귀가할 때마다 미안해하며 누르던 집
송학동 굴다리 지나 붕어빵 굽던 구멍가게 지나 목욕탕 지나
월부로 냉장고 한 대 살 수 없을까 자주 힐끔 들여다보던
금성대리점 지나면 일 년에 삼십만원 사글세 집
십만원짜리 마라톤 4벌식 타자기 한 대 있으면 참 좋겠는데
다음달 보충수업비 받아서 사버릴까 생각하던
주인집으로 전화가 걸려오면 마루를 살짝살짝 밟고 가서
통화를 끝내고는 우리도 전화 한 대 있으면 참 좋겠는데
다음다음달 보너스 받으면 사버릴까 도란도란거리던

형광등 불빛이 비추던 밤이 깊던 그 집에서
나는 신규발령장 인주가 마르지 않은 중학교 국어 선생
자전거 타고 퇴근해 그 집에서 고추전 부쳐먹고 싶어진다

나는 또 대학 다닐 때 자취하던 집을 잊을 수가 없다
거기에 내 청춘의 입맞춤 자국이 묻어 있어서가 아니라
아버지가 우체국 소액환으로 열심히 하거라, 보내준 생활비를
술값으로 다 날리고 반찬거리 떨어져 슈퍼아줌마한테 자주
외상 달아놓던 라면 끓이다가 심심찮게 폭삭 엎어버리고 말던
지금 생각해보면 늘 배고프고 하루 종일 쓸쓸한 집
일 년에 한 번 꼴로 이불보따리에 책 몇 권, 전기밥솥 싣고
옮겨다니던 지금은 주소도 알 수 없는 그 자취집, 그

하숙집들

그 시원찮은 빨래들이며 하이타이 냄새 나는 세월들

일찍도 아기 지운 친구의 애인들에게 미역국 끓여주던 기억

십이월마다 찾아오던 통지 없는 신춘문예 낙선의 기억

계엄군한테 직싸게 얻어맞고 빨간약 발라대던 기억

아픔도 없이 머리끝에서부터 발끝까지 아프던 기억

나는 저 혼자 돌아가는 레코드판처럼 거기서 잘도 살았다

지금 호적에 등재된 내 본적 경기도 여주군 흥천면 대당리

주소만 봐도 나는 가슴이 아프다 우리 아버지

평생 사실 줄 알고 경상도에서 이주해 가서 지은 집

울타리가 없어 집 안 가득 바람이 많던, 팀스피리트 훈련 때는

근동에 전투기가 총알을 쏟아붓고 갔다는 소문이 들리

던 집

추운 날 마당에서 세수하고 문고리 잡으면 손이 쩍쩍 달라붙고

변소간에 앉아 있으면 엉덩이가 정말 쪼개질 것 같던

겨울방학 때 가면 일 년 동안 동생들이 키운 염소를 잡아

창고에 매달아놓고 구워 먹고 볶아 먹고 고아도 먹던 집

어머니는 그 노랑내 나는 국물이 보약 된다고 훌훌 마시라고

나는 안 마신다고 내빼서는 밤새 들판에 내린 삐라를 줍던

개학 하고 학교에 내면 표창장도 주고 공책도 준다는

교과서 두께의 책삐라를 주워 똥도 닦고 코도 풀면

아버지는 종이가 그렇게 없느냐고, 말없이 군불을 지피시던 집

나는 그곳을 한 번도 내 고향이라고 생각해본 적은 없지만

면소재지 차부에서 버스를 내리면 뭉클한 게 있고
방학 끝나 차 타러 마을 빠져나오면 또 가슴이 미어지
던 집
아버지 배추 농사로 번 돈으로 시집을 사 읽으면서
그 어둠침침한 공부방 메주 뜨는 냄새가 되고 싶어진다

경기도로 피난가듯 가기 전에 내 밑에 동생과 나는
가겟집 아이였다. 한겨울에 칠성사이다 달라고 조르
다가 매맞고
내복 바람으로 쫓겨나서는 언 유리창에 대고 싹싹 빌던
한참 까불 때는 숟가락 잡고 둘이서 콩쿨대회도 열었
지마는
토닥토닥 다투다 손톱자국이라도 생기면 어머니는 화
가 나
옆집 누구네처럼 엄마 없는 자식 되고 싶냐고, 우리는
별수 없이 또 싹싹 빌고는 라면땅 한 봉지씩 나눠 먹
던 집

연탄불 꺼진 날 솜이불 덮어쓰고 개구리같이 쪼그리고 있으면
동생과 내 입김으로 서로 훈훈해져서 금세 잠들고 말던 집
셋째와 넷째가 태어나도록 우리 여섯 식구는 이사도 안 가고
그 단칸방에서 살았는데 예천농고 농구선수였다는 아버지
주무실 때 두 다리 쭉 뻗는 걸 한 번도 못 보았으며
그래서 이불이 천막 같아서 잠잘 때마다 무릎이 서늘하던 집
그무렵 찍은 흑백사진은 빛바래거나 파리똥 앉았지만
나는 좋았다 나 시험지 백점 받아오면 짜장면집에도 갔었다

그 이전에는 어디서 살았나, 이것은 내가 잘 모르는 일
나중에 자라서 알았지만 봉창 달린 예천 큰댁 작은방

에서
나는 태어났다는데 솜털이 원숭이 새끼같이 보송보송한 것이
어른 손바닥 크기만한 것이 방 하나를 다 차지했었다는데
퉤퉤 쓴 침 뱉듯 육군 병장 제대하고 돌아온 집
조카들이 바글바글 울 때 마음 놓고 술 한잔 하고 싶을 때
그때부터 젊은 우리 아버지도 지금의 나처럼
물을 긷다가도 배추를 씻다가도 좀더 넓은 집, 넓은 집 하는
아내의 목소리를 들었을지 모른다 그리하여 지금의 나처럼
삶이 참 팍팍하다, 앞으로 나아갈 것 같지 않다 여겨질 때
옛날 살던 집으로 가고 싶다는 생각을 하며
흙벽에 시래기 몇 두름 마르는 서러운 겨울 한낮

호박죽 끓던 가마솥 앞에서 군침 꿀꺽 삼키며
그 뜨끈하고 걸쭉한 호박죽을 기다리던
수숫대같이 키 큰 한 소년을 오래오래 생각했을지도
모른다

옷

나는 새 옷을 입는 게 그렇게 싫을 수가 없었다
나이 한 살 더 먹은 뒤에는 아주 잘 맞을 테니
몸집보다 늘 큼직한 것을 입어야 한다고
모처럼 옷을 사오신 어머니를 원망할 수는 없었지만
그럼 지금의 나는 뭐냐, 라는 생각이 들었던 게 사실이고
소맷자락이 너무 길어서
한두 번씩 접어 입어야 하는
새 옷에다 내 몸을 맞추지 않을 수 없는
우리집의 가난이 남들에게 들통나는 것 같아서 싫었다
밀가루포대를 뒤집어쓴 것 같네,
등뒤에서 계집애들이 쫑알대고 있을 것도 같았다
내 어린 욕망보다 일 년쯤 앞서서
나를 데리고 다니던 새 옷이 미워서
마구 나뒹굴었다, 잔디밭 위에 습진 땅바닥에
먼지 이는 운동장에 천방지축 뒹굴어도
그래도 여전히 나를 꼭꼭 가두는 말끔한 옷을 이번에는

억지로 구겨넣었다, 책상 서랍 속으로
방구석으로 가방 속으로 열등감 속으로 어느 날은
더럽혀지지도 않은 것을 빨랫감 속으로 내팽개치곤
했다
나를 세상 속으로 팽개치며
달려와보니 어느덧 서른세 살,
그놈의 옷 때문에
오늘 아침에도 아내한테 큰소리 치며 화냈다
와이셔츠를 다려놓지 않았는데 양복을 어떻게 입으며
약속 시간은 다 되어가는데 대체 어쩔 참이냐고,
나도 올 데까지 왔나보다
만나는 상대와 장소에 따라 옷을 골라 입는다는 것은
중산층에 가까워졌다는 뜻이므로
옷이 재산과 지위를 보장하는 보호색이라면
그럼 지금의 나는 중산층이냐,
아닌데, 아닌데, 아닌데, 몇 번이나 도리질하는 동안
아내가 다려준 옷을 입으며 나는

초록색 잎사귀 위에 앉아 바르르 떨고 있는 청개구리거나
흙탕물 속에서 먹이 찾아 두리번거리는 늪개구리라는 생각이 든다

이 늦은 참회를 너는 아는지

내가 술로 헝클어져서
집으로 돌아오는 어둔 길가에
개나리꽃이 너무 예쁘게 피어 있었지요
한 가지 꺾어 들고는
내 딸년 입술 같은 꽃잎마다
쪽, 쪽 뽀뽀를 해댔더랬지요

웬걸
아침에 허겁지겁 나오는데
간밤에 저질러버린
다시는 돌이키지 못할 내 잘못이
길바닥에 노랗게 점점이 피를 뿌려놓은 것을
그만 보고 말았지요

개나리야
개나리야
나는 고쳐야 할 것이 너무 많은

인간이다 인간도 아니다

이 세상에 소풍 와서

완주군 동상면 들어가는 입구에
저 밤나무숲이 무성하게 풀어놓은
밤꽃 냄새
퍽 징하네

살아보려고 기를 쓰며
어떻게든 살아보려고 발버둥치는 것들은
다 저렇게 남의 코를 찌르는가보네
인간도
가장 오래 헤맨 자의 발바닥이
가장 독한 냄새를 풍기는 법

나는 이 세상에 소풍 와서
여태 무슨 냄새를 풍기고 있었나
단단한 밤 한 톨 끝내 맺지 못하더라도
저물어 하산하기 전까지는
독해져야겠네 자네한테 말고

오늘 나 자신한테 말이야

나에게 보내는 노래

너를 위해 내가 불러줄 노래가 있으니
아직은 집으로 돌아갈 때가 아니다
가야 할 길이 많아서 철길은 꿈쩍도 하지 않고
해야 할 일이 많아서 철도노동자는 푸른 제복을 벗지 않고 있다
기다리는 기차는 오지 않았지만
대합실을 이대로 비워둘 수는 없다
죽어도 누울 곳이 없는 껌팔이 소년과
귀싸대기 빨간 능금들을 좌판대 위에 두고
아직은 집으로 돌아갈 때가 아니다
집이란, 돌아가 편히 쉬는 곳이 아니라
국물을 끓여먹고 등짝을 데우는 곳이 아니라
단지 떠나야 할 때 구두끈을 조여매는 곳
떠나지 않고는 돌아올 수 없으니
정작 돌아오려거든 늘 떠나야 한다
나 아닌 것들을 위해, 아니 나 자신을 위해서도
우리는 한 번도 목숨 걸고 살아본 적 없었다

다가오는 겨울의 발자국 소리만큼 덜컹대는
유리창 앞에서 아아, 흔들리는 마음 앞에서
갈탄난로를 피우지 않았다고 투덜대는 것보다는
세상은 내 한 몸이라도 들이밀어 바람구멍을 막아야 하는 곳
너를 위해 버려도 좋은 내 몸뚱어리 식지 않았으니
아직은 집으로 돌아갈 때가 아니다
내가 불러야 할 노래는 끝나지 않았으니
아직은 집으로 돌아갈 때가 아니다

나를 열받게 하는 것들

나를 열받게 하는 것들은,
후광과 거산의 싸움에서 내가 지지했던 후광의
패배가 아니라 입시비리며 공직자 재산공개 내역이 아니라
대형 참사의 근본 원인 규명이 아니라 전교조 탈퇴확인란에
내 손으로 찍은 도장 빛깔이 아니라 미국이나 통일문제가
아니라 일간신문과 뉴스데스크가 아니라
아주 사소한 것들
나를 열받게 하는 것들은,

이를테면,
유경이가 색종이를 너무 헤프게 쓸 때,
옛날에는 종이가 얼마나 귀했던 줄 너 모르지?
이 한 마디에 그만 샐쭉해져서 방문을 꽝 걸어잠그고는
훌쩍거리는데 그때 그만 기가 차서 나는 열을 받고

민석이란 놈이 후레쉬맨 비디오에 홀딱 빠져 있을 때,
이제 그만 자자 내일 유치원 가야지 달래도 보고
으름장도 놓아보지만 아 글쎄, 이놈이 두 눈만 껌뻑이며
미동도 하지 않을 때 나는 아비로서 말 못 하게 열받는 것이다

밥 먹을 때, 아내가 바쁘다는 이유로 시장을 못 갔다고
아침에 먹었던 국이 저녁상에 다시 올라왔을 때도 열받지만
어떤 날은 반찬 가짓수는 많은데 젓가락 댈 곳이 별로 없을 때도
열받는다 어른이 아이들도 안 하는 반찬 투정하느냐고
아내가 나무랄 때도 열받고 그게 또 나의 경제력과 아내의 생활력과
어쩌고 저쩌고 생활비문제로 옮겨오면 나는 아침부터 열받는다
나는 내가 무지무지하게 열받는 것을

겨우 이만큼 열거법으로밖에 표현하지 못하는
나 자신한테 또 열받는다
죽 한 그릇 얻어먹기 위해 긴 줄을 서 있는 아프리카 아이들처럼
열거는 궁핍의 증거이므로

헌데
열받을 일이 있어도 요즘 사람들은 잘 열받지 않는다
열받아도 열받은 표를 내려고 하지 않는다
요즘은 그것이 또한 나를 무진장 열받게 하는 것이다

3부

나무

비가 오나 눈이 오나 사시사철 나무가 버티는 것은
귀빰을 폭풍한테 얻어맞으면서
이리저리 머리채를 잡힌 채 전전긍긍하면서도
기어이, 버티는 것은
자기 자신을 위해서가 아니라
버티는 것을
이제 막 꼼지락꼼지락 잎을 내밀기 시작하는 어린 나무들에게
보여주어야 하기 때문이다
그래야 훗날 이 세상을 나무의 퍼덕거림으로 가득 채울 수 있기 때문이다
최대한 버티는 게 나무의 교육관이다
낮은 곳을 내려다볼 줄 아는 것,
가는 데까지 가보는 삶이
아름답다는 것을 온몸으로 가르쳐주며
나무는 버틴다

나무라고 왜 가지가지 신경통을 모르겠으며
잎사귀마다 서러움으로 울컥일 때가 왜 없었겠는가
죽어버릴 테야
하루에도 몇 번씩 고개 휘저어보던 날도 있었을 것이다
트럭을 탄 벌목꾼들이 당도하기 전에
그냥 푹, 고꾸라져도 좋을 것을
죽은 듯이 쓰러져 이미 몸 한쪽이 썩어가고 있다는 듯이
아무짝에도 쓸모없는 나무라는 듯이 코를 처박고
엎드려 있어도 될 것을 나무는
한사코 서서, 나무는 버틴다
체제에 맞서 제일 잘 버티는 놈이
제일 먼저 눈밖에 나는 것,
그리하여 나무는
결국은 전 생애를 톱날의 아구 같은 이빨에 맡기고 마는데,

여기서 나무의 생은 끝장났다네, 저도 별수 없지, 하고

속단해서는 안 된다
　끌려가면서도 나무는 버틴다
　버텼기 때문에 나무는 저를 싣고 가는 트럭보다 길다
　제재소에서 토막토막으로 잘리면서 나무는
　뎅구르르르 나뒹굴며
　이제 신의주까지 기차를 나르는
　버팀목이 될 거야, 한다
　나무는 버틴다

자작나무를 찾아서

따뜻한 남쪽에서 살아온 나는 잘 모른다
자작나무가 어떻게 생겼는지를
대저 시인이라는 자가 그까짓 것도 모르다니 하면서
친구는 나를 호되게 후려치며 놀리기도 했지만
그래서 숲길을 가다가 어느 짓궂은 친구가 멀쑥한 백양나무를 가리키며
이게 자작나무야, 해도 나는 금방 속고 말 테지만

그 높고 추운 곳에서 떼지어 산다는
자작나무가 끝없이 마음에 사무치는 날은
눈 내리는 닥터 지바고 상영관이 없을까를 생각하다가
어떤 날은 도서관에서 식물도감을 뒤적여도 보았고
또 어떤 날은 백석과 예세닌과 숄로호프를 다시 펼쳐 보았지만
자작나무가 책 속에 있으리라 여긴 것부터 잘못이었다

그래서 식솔도 생계도 조직도 헌법도 잊고

자작나무를 찾아서 훌쩍 떠나고 싶다 말했을 때
대기업의 사원 내 친구 하얀 와이셔츠는
나의 사상이 의심된다고, 저 혼자 뒤돌아 서서
속으로 이제부터 절교다, 하고 선언했을지도 모른다

그때마다 나는 이렇게 말해주고 싶었다
연애 시절을 아프게 통과해본 사람이 삶의 바닥을 조금 알게 되는 것처럼
자작나무에 대한 그리움도 그런 거라고
내가 자작나무를 그리워하는 것은 자작나무가 하얗기 때문이고
자작나무가 하얀 것은 자작나무숲에서 일하는 사람들이
때 묻지 않은 심성을 가졌기 때문이라고

친구여, 따뜻한 남쪽에서 제대로 사는 삶이란
뭐니뭐니해도 자작나무를 찾아가는 일

자작나무숲에 너와 내가 한 그루 자작나무로 서서

더 큰 자작나무숲을 이루는 일이다

그러면 먼 나라에서 온 사람들이 우리를 보고 깜짝 놀라겠지

어라, 자작나무들이 꼭 흰옷 입은 사람 같네, 하면서

눈 그친 들녘

다 내놓으라고
간밤에 그렇게 떼를 쓰던 눈보라한테
인간들은 하나도 빼앗기지 않고
몽땅, 그 순결을 빼앗아
독차지하였구나

붕어

또록또록
붕어는 눈망울을 굴리며
물풀 속에 먹을 것이 있나, 없나 살피려고
아가미를 벌리고 숨을 크게 한 번 들이켜보려고
우선
등지느러미를 활짝 펼쳐 세웠다
그 다음에는 꼬리지느러미에 있는 힘을 다 모아 좌우로 힘껏 물을 튕기려고
기울지 않도록 몸을 곧추 가누었다
그러자
물 속 바위에 마구 비벼대고 싶은 비늘이 눈부셨다
월척의 품위를 염두에 두고 유유히, 헤엄을 치기만 하면 된다

아, 안 된다
몸이 말을 듣지 않는다
이럴 수가 없어

이게 아니야
이게 아니야
이런 흔적을 남기려고 살았던 것은 아니야

붕어는
퍼덕거리며 강물을 거슬러올라갈 때 꼬리 뒤에 남는 물살의
그 생생한 흔적이 그렇게 그리울 수가 없었다

야, 그놈 금방이라도 뛰쳐나올 것 같네
슬픔도 모르는 아무것도 모르는 사람들이 저마다
한마디씩 던지고는 갔다

시내버스가 간다

시내버스가 왔다
뒷문이 열리고 사람들이 내리고
시내버스는 잠시 두리번대는 듯하지만
어느 틈엔가 앞문으로 사람들을 태운다
멈추라고 손 흔들지 않아도
서야 할 곳에 설 줄 알고
오라이, 하는 단발머리 아가씨가 없어도
떠날 때가 되면 깨끗이 떠날 줄 아는 시내버스는
결코 혼자서는 먼 밤길 가지 않으며
이 강산 낙화유수 눈썹 삼삼한 계집이 꼬드긴다 해도
거들떠보지 않는다
나는 시내버스를 타기만 했지
나 아닌 사람을 태우고 달려보지 못했다
부릉부릉 소리를 크게 한 번 내질렀다가
빠진 단추 없나, 다시 둘러보는 국민학생처럼
뒷문도 앞문도 닫고
시내버스가 간다

나는 이제껏 떠나지도 못하고

왜 여기 이대로 서 있는 것이냐

신축공사장에서

포클레인이 흙을 퍼내고 있는 게 아니라
땅이 자꾸 지 아가리를 벌린다는 생각이 든다
자신의 치부까지 다 보여주겠다는 듯
목이 말라 미치겠다는 듯
아직은 떼죽음을 더 받아들일 수 있다는 듯
땅이 몸을 그대로 방치하는 것을 보며
나는 저으기 걱정스럽다
언젠가는 바닥에 물이
고름 같은 물이 고이리라는 것을
도대체 알고나 저러는 것일까 싶다

갈등

바람은 불지요,
길을 열자고 같이 나섰던 동무들은
얼음장 꺼지듯 가라앉아 소식 없지요,
그대 보고 싶은 마음 언덕배기 빈 터에 쑥 돋듯 하지요,
저 연록 물오른 바람난 실버들 가지처럼
아, 정말 미쳐버릴 것 같지요,
나도 내 존재를 어쩌지 못해서요,
이래서는 안 돼, 안 돼 하면서
내 몸은 자꾸 꼬여가지요

집에 대하여

손에 흙 하나 묻히지 않고 집을 갖는다는 것은
저 제비들에게 얼마나 미안한 일인가
볏짚 한 오라기 엮어 얹지 않고
진흙 한 톨 물어다 바르지 않고
너나없이 창문 큰 집을 원하는 것은
세상에 그만큼 훔치고 싶은 것이 많기 때문인가
허구한 날 공중에 떠서 살아가다보면
내 손으로 땅 위에 집을 한 채
초가삼간이라도 지어보고 싶을 때가 있다
혹시 바람에 찢기고 무너진다 해도
훗날 내 자식새끼들이 자라면 꽁지깃을 펴고
실패하지 않는 집을 다시 지을 테니까

낡은 자전거

너무 오랫동안 타고 다녀서
핸들이며 몸체며 페달이 온통 녹슨 내 자전거
혼자 힘으로는 땅에 버티고 설 수가 없어
담벽에 기대어 서 있구나
얼마나 많은 길을 바퀴에 감고 다녔느냐
눈감고도 찾아갈 수 있는 길을 많이 알수록
삶은 여위어가는 것인가, 나는 생각한다

자전거야
자전거야
왼쪽과 오른쪽으로 세상을 나누며
명쾌하게 달리던 시절을 원망만 해서 쓰겠느냐
왼쪽과 오른쪽 균형을 잘 잡았기에
우리는 오늘, 여기까지, 이만큼이라도, 왔다

우물

고여 있는 동안 우리는
우리가 얼마나 깊은지 모르지만
하늘에서 가끔씩 두레박이 내려온다고 해서
다투어 계층상승을 꿈꾸는 졸부들은 절대 아니다
잘 산다는 것은
세상 안에서 더불어 출렁거리는 일
누군가 목이 말라서
빈 두레박이 천천히 내려올 때
서로 살을 뚝뚝 떼어 거기에 넘치도록 담아주면 된다
철철 피 흘려주는 헌신이 아프지 않고
슬프지 않은 것은
고여 있어도 어느 틈엔가 새 살이 생겨나 그윽해지는
그 깊이를 우리 스스로 잴 수가 없기 때문이다

개망초꽃

눈치코치 없이 아무 데서나 피는 게 아니라
개망초꽃은
사람의 눈길이 닿아야 핀다
이곳 저곳 널린 밥풀 같은 꽃이라고 하지만
개망초꽃을 개망초꽃으로 생각하는
사람들이 이 땅에 사는 동안
개망초꽃은 핀다

더러는 바람에 누우리라
햇빛 받아 줄기가 시들기도 하리라
그 모습을 늦여름 한때
눈물지으며 바라보는 사람이 아무도 없다면
이 세상 한쪽이 얼마나 쓸쓸하겠는가
훗날 그 보잘것없이 자잘하고 하얀 것이
어느 들길에 무더기무더기로 돋아난다 한들
누가 그것을 개망초꽃이라 부르겠는가

옛날의 풍경화

내 열 살 남짓 먹었을 때
집집마다 마당 가득 따순 햇볕이 들어와서
그 징하던 겨울도 며칠 안으로 물러갈 것만 같은 날이었는데요,

동네 형들은 방구석에 누에고치처럼 틀어박혀 나이롱뽕이라는 화투를 치다가
생고구마를 몇 개씩이나 깎아 먹고는
썩을넌들 한코 주지도 않고 가버렸다고
서울로 간 순덕이 누나며 정님이 누나 이야기를 하며 킥킥거리다가
그도 싫증이 났는지
아니면 햇볕이 너무 좋아 미안했는지
미꾸라지나 잡으러 가자고 마당으로 우 쏟아져나왔는데요,
아, 그때 형들 몸에서 나던 누룩 냄새 같기도 하고
밤꽃 냄새 같기도 한 그 냄새를 따라

나도 바께스 하나 들고 동네 형들을 따라갔지요.

삽을 멘 형들을 따라가는데
방죽 둑길 양지바른 짚가리 아래
햇볕 따라 나왔는지 웬 여자 거지 하나가 배시시 웃으면서요.
어깨를 다 내놓고 이를 잡고 있더라고요.
갑자기 무슨 생각이 들었는지
동네 형들은 나를 둑 너머에 혼자 앉혀놓고는
절대로 보면 안 된다고
어른들이 멀리서 오면 바께스나 두드리면 된다고
몇 번이나 다짐을 받고는 짚가리 쪽으로 몰려갔는데요.
너무 조용해서 햇볕도 바스락, 소리가 날 것 같았는데요.

그런데 한참 후에 나는 그만 보고 말았거든요.
살얼음이 둥둥 떠 있는 미나리밭에요.

동네 형 하나가 바지를 내리더니 자지를 꺼내서는 허겁지겁 씻는 것을요,

그리고 좀 있다가 또 동네 형 하나가 그걸 씻고요,

또다른 형이 똑같이 그걸 씻고 황급히 일어서는 것을요,

손을 담그면 금세 빨갛게 될 것 같은 그 차디찬 물에요,

나는 숨어서 하느님처럼 다 보고 말았거든요

홍수

강물은 어금니 악물고 결심했을 것이다
들녘이 넓다는데
도대체 얼마나 넓은지 직접 한번 측량해보겠다고
고심 끝에 강둑을 왈칵 밀어젖혔을 것이다
들에 큰물이 졌구나
어머니가 일찍 나를 깨운 아침
나는 동네 어귀까지 밀려든
자기 몸으로 세상을 다 이룬 그 흙탕물이
눈부셔서
강물이 그렇게 자랑스러웠지만
내 삶이 홍수로 때 아닌 집중 피해 당하는 건
솔직히 겁났던 게 사실이다
상류에 댐이 막아서면서부터였을 것이다
참을 수 없이 보고 싶은 것들 많아도
기어이 참고 또 참아야
어른이 된다기에
나는 내내 가슴이 아팠다

4부

이 세상에 아이들이 없다면

어른들도 없을 것이다
어른들이 없으므로 교육도 없을 것이다
교육이 없으므로 교과서도 없을 것이다
교과서가 없으므로 시험도 없을 것이다
시험이 없으므로 대학교도 없을 것이다
대학교가 없으므로 고등학교도 없을 것이다
고등학교가 없으므로 중학교도 없을 것이다
중학교가 없으므로 국민학교도 없을 것이다
국민학교가 없으므로 운동장도 없을 것이다
운동장이 없으므로 미끄럼틀도 없을 것이다

미끄럼틀을 타고
매일 매일 하늘에서 내려오는
눈부신 하느님을 본 사람은 아무도 없을 것이다

저 물푸레나무 어린 새순도

저 어린 것이
이 험한 곳에 겁도 없이
뾰족, 뾰족 연초록 새순을 내밀고 나오는 것을 보면
애쓴다, 참 애쓴다는 생각이 든다
저 쬐그만 것이
이빨도 나지 않은 것이
눈에 파랗게 불 한번 켜보려고
기어이 하늘을 한번 물어뜯어보려고
세상 속으로
여기가 어디라고,
조금씩, 조금씩 손가락을 내밀어 뻗는 것을 보면
저 물푸레나무 어린 새순도
이 봄에 연애 한번 하러 나오는가 싶다
물푸레나무 바라보는 동안
온몸이 아흐 가려워지는
나도, 살맛 나는 물푸레나무 되고 싶다
저 습진 땅에서

이내 몸 구석구석까지
봄이 오는구나

학교로 가는 길

여덟 살 되던 해 나는
빨간색 색연필하고 철끈으로 갱지 묶은 연습장 끼고
명찰 달고 명찰 밑에 손수건도 깨끗한 것으로 달고
교실이 꼭 낡은 풍금 같은 풍산국민학교에
기역 니은 배우고 더하기 빼기 배우러 갔습니다
우리는 민족중흥의 역사적 사명을 띠고로 시작해서
1968년 12월 5일 대통령 박정희로 끝나는
국민교육헌장을 잘도 외어 상으로 공책도 받았습니다
봄날에는 논물 속에 잠긴 개구리알도 건드려보며
학교로 가는 길에 들꽃들도 많이 사귀었습니다

중학교 때는 가방 속에 참고서 빵빵하게 넣고
까만 교복 입고 까만 교모 쓰고 배지 똑바로 붙이고
남녀공학에다 이름도 긴 경북대학교사범대학부속중학교에
꼬부랑 영어 배우고 수학도 배우러 갔습니다
새벽종이 울렸네 새 아침이 밝았네로 시작해서

살기 좋은 내 마을 우리 힘으로 가꾸세로 끝나는
새마을노래를 음악시간마다 열심히 불렀습니다
풀여치처럼 새침하던 계집애들 얼굴도 훔쳐보며
학교로 가는 길에 키도 부쩍 자랐습니다

그리고 고등학교 시절, 나는 성문종합영어 속에
김춘수며 황동규며 고은 시집을 몰래 숨기고
교복 단추 하나 풀고 교모 삐뚜룸하게 눌러쓰고
김대건 신부 동상 있는 대구 대건고등학교에
총검술이며 한국적 민주주의의 토착화를 배우러 갔습니다
졸업반 때 늦가을 위대한 민족의 지도자가 서거한 뒤로
몇 날 며칠 라디오에서 장송곡만 들려왔습니다
나는 꼭 시인이 되고 말겠다 두고 봐라 다짐하며
학교로 가는 길에 콧수염도 듬성듬성 돋아났습니다

국문과를 졸업하고 십육 년 동안 학교 다닌 덕분에
스물네 살 되던 해 국어 선생이 되었습니다
2급 정교사 나는 중고품 삼천리자전거를 타고
국정교과서 가르치러 이리중학교에 갔습니다
초롱초롱한 눈망울의 아이들을 가르치는
학교로 가는 길은 어린 조국을 키우러 가는 길이었습니다
그 길 위에서 목숨을 걸어도 좋은 말 한마디
교사는 노동자다, 이 말 한마디 했다는 이유로
한시도 잊지 못합니다 1989년 8월 7일
학교를 쫓겨나니 남들이 거리의 교사라고 불렀습니다

오늘도 나는 갑니다 해직교사가 되어
내 어릴 적 걷던 것처럼 들길을 걸어 국민학교도
시내버스 타고 중학교도 고등학교도 갑니다
전교조신문 나르고 설문지 나누고 서명도 받으며
어떤 날은 굴비도 팔고 연하장도 팔러 교무실로 갑니다

라면 끓여 먹고 후딱 설거지 한 뒤 담배 한 대 피우고
교장이 앞에서 막아도 교감이 옆에서 눈치해도 갑니다
지지배배 지지배배 등교하는 아이들 가방 보며
학교로 가는 길에 그렁그렁 눈물도 고입니다

우리가 지켜낸 깃발은 지금 끄떡없습니다
그 깃발과 함께 내일 나는 학교로 가겠습니다
빼앗긴 아이들과 분필과 교원의료보험증을 되찾으러
아침이면 출석 부르고 퇴근 후에는 소주 한잔 하러
꿈이 아니라 희망이 아니라 천만 번의 맹세가 아니라
나는 내일 내 사랑 이리중학교로 가겠습니다
그런데, 학교 떠난 뒤 교과서가 개편되었다는데
이제 새로 수업지도안 준비하는 일이 큰 걱정입니다
학교로 가는 길은 쉽게 갈 수 있는 길이 절대 아닙니다

그 밥집

뜨끈뜨끈한 김이 피어오르는 중앙시장 그 밥집
어물전 아줌마도 수선집 아저씨도 먹고 가는 그 밥집
누구 하나 밥 한 톨 안 남기고 반찬 투정 한번 부리지 않는 그 밥집
그 밥집 밥 먹고 난 뒤에는 노는 사람 단 한 사람도 없을 그 밥집

군산 동무

—이광웅 선생님

동무
하고 부르면
우리 사이 이십 년도 분단극복될 것 같은
얼핏 생김새로 보면 다 쓰러져가는 빈집 같은
사람도 없는 그 집에 가득 찬
바람 같고, 풀냄새 같은
군산 해망동 새벽 바지락조개 국물 같은
째보선창에서 준치회 한 접시하고 마시는 소주 같은
너는 아직도 멀었다, 멀었다
내 등줄기를 때리는 서해 파도 소리 같은
깊은 밤 슬픈 성경의 한 구절 같은
백석의 시처럼 가난하고 외롭고 높고 쓸쓸한
한 편의 서정시 같은
어깨 맞대고 도란도란 길을 가는 봄날
민들레꽃 같은
소년 같은

연애

연애 시절
그때가 좋았는가
들녘에서도 바닷가에서도 버스 안에서도
이 세상에 오직 두 사람만 있던 시절
사시사철 바라보는 곳마다 진달래 붉게 피고
비가 왔다 하면 억수비
눈이 내렸다 하면 폭설
오도 가도 못 하고, 가만 있지는 더욱 못 하고
길거리에서 찻집에서 자취방에서
쓸쓸하고 높던 연애
그때가 좋았는가
연애 시절아, 너를 부르다가
나는 등짝이 화끈 달아오르는 것 같다
무릇 연애란 사람을 생각하는 것이기에
문득문득 사람이 사람을 벗어버리고
아아, 어린 늑대가 되어 마음을 숨기고
여우가 되어 꼬리를 숨기고

바람 부는 곳에서 오랫동안 흑흑 울고 싶은 것이기에
연애 시절아, 그날은 가도
두 사람은 남아 있다
우리가 서로 주고 싶은 것이 많아서
오늘도 밤하늘에는 별이 뜬다
연애 시절아, 그것 봐라
사랑은 쓰러진 그리움이 아니라
시시각각 다가오는 증기기관차 아니냐
그리하여 우리 살아 있을 동안
삶이란 끝끝내 연애 아니냐

새 길

한 발 두 발 내디디면
발 닿는 어느 곳이든 길이 되는 것을
친구야 처음에는 몰랐었지
잘난 놈이든 못난 년이든
한 사람 두 사람 모이기만 하면
우리가 바로 새 길이 되고
파도가 되고
역사가 되는 것을
이제 비로소 알았구나 친구야
세상이 이렇게 어두운 것은
우리가 가야 할 길을
세상이 제 가슴속에 숨겨놓았기 때문이라는 것을
마침내 우리는 알았다
산 첩첩 물 넘실 어려운 시절
헤쳐나갈 길 없다고 여겨질수록
친구야 가자
우리가 새 길이 되어 가자

덤벼들면

—아프리카 민요를 흉내내어

너희는
순경이 덤벼들면 지서장을 보여주고
지서장이 덤벼들면 경찰서장을 보여주고
경찰서장이 덤벼들면 도경국장을 보여주고
도경국장이 덤벼들면 치안본부장을 보여주고
치안본부장이 덤벼들면 내무부장관을 보여주고
내무부장관이 덤벼들면 대통령을 보여주지만

우리는
대통령이 덤벼들면 민중을 보여줄 테다

미국에 대한 연구

나는 국민학교 6학년 때 대구 동촌유원지에서
처음으로 미국놈을 보았다
흰 복숭아빛 살결에 팔뚝이 굵은 놈이었다
겨드랑이에 누렁이털 같은 것이 삐죽 나와 있었다
내 누나 또래 여자 하나를 허리에 달고 가는데
분내도 아닌 향수 냄새가 지독하였다
내가 졸졸 따라가다가 헬로 하니까
그놈은 눈을 한 번 찡끗 하는 것이었다
내가 또 졸졸 따라가다가 헬로 하니까
그놈은 씨발 놈 하면서 숲속으로 늑대같이 사라졌다
영원한 우방 피로 맺은 나라
미국 사람을 왜 미국 놈이라고 부르는지
나는 그때까지 정말 조금도 이해할 수 없었다

서울 사는 친구에게

세상 속으로 뜨거운 가을이 오고 있네
나뭇잎들 붉어지며 떨어뜨려야 할 이파리들 떨어뜨리는 걸 보니
자연은 늘 혁명도 잘하는구나 싶네
풍문으로 요즈음 희망이 자네 편이 아니라는 소식 자주 접하네
되는 일도 되지 않는 일도 없고
사는 게 사는 게 아니다 싶거든, 이리로 한번 내려오게
기왕이면 호남선 통일호 열차를 타고 찐계란 몇 개
소금 찍어 먹으면서 주간지라도 뒤적거리며 오게
금주의 운세에다 마음을 기대보는 것도 괜찮겠고,
광주까지 가는 이를 만나거든 망월동 가는 길을 물어봐도 좋겠지
밤 깊어 도착했으면 하네, 이리역 광장에서 맥주부터 한잔 하고
나는 자네가 취하도록 술을 사고 싶네
삶보다 앞서가는 논리도 같이 데리고 오게

꿈으로는 말고 현실로 와서 걸판지게 한잔 먹세
어깨를 잠시 꽃게처럼 내리고, 순대국이 끓는
중앙시장 정순집으로 기어들 수도 있고, 레테라는 집도 좋지
밤 열두시 넘으면 포장마차 로진으로 가 꼼장어를 굽지
해직교사가 무슨 돈으로 술타령이냐 묻고 싶겠지만
없으면 외상이라도 하지, 외상술 먹을 곳이 있다는 것은
세상이 아직 우리를 버리지 않았다는 뜻 아니겠는가
날이 새면 우리 김제 만경 들녘 보러 가세
지평선이 이마를 치는 곳이라네, 자네는 알고 있겠지
들판이야말로 완성된 민주대연합 아니던가
갑자기 자네는 부담스러워질지 모르겠네, 이름이야 까짓것
개똥이면 어떻고 쇠똥이면 어떻겠는가
가을이 가기 전에 꼭 오기만 하게

풀베기

풀을 베려면 먼저 낫을 잘 잡아야 한다
왼손으로는 풀을 적당히 움켜쥘 줄도 알아야 하고
무릎의 위치며 어깨에 가는 힘도 알맞게 조절해야 한다
풀을 베는 일은 그래서 꼭 맞게 사는 일만큼이나 어려운 것이다
몰랐던 것은 아니지만
백묵이나 잡을 줄 알던 나는 영 자신이 서질 않는다
농촌봉사활동이 연대사업이라서 마음먹고 여기까지 왔는데
누가 숫돌에 갈아준 낫을 처음 받아들고
나는 언뜻 갑오년의 그 분노로 타오르던 들판을 떠올려보지만
어림도 없다 풀을 베다가 손가락이라도 베게 된다면
약쑥을 짓이겨 흐르는 피를 멎게 해야지, 겨우 생각한다
풀 베는 일에 내 온 생애가 실리지 않았기 때문일까
풀밭은 넓은데
나는 자꾸 좁아진다

벌써부터 풀은 모가지를 자를수록 바득바득 기를 쓰고 살아날

말하자면 대동단결 대동투쟁의 어깨를 맞대고 있는 것이다

푸르다는 그 자체가 이미 삶이고 싸움인 것인데,

홀연 내가 가르치던 아이들이 생각이 난다

그것은 아이들이 해마다 몰라보게 키가 쑥쑥 크기 때문일 것이다

그렇다면 나는 늘 소용없는 한 자루의 낫이었는지도 모른다

때리고 누르고 귀 막고 눈 가렸던 일 천만 번 뉘우치는 동안

나는 해놓은 일이 없음을 깨닫는다 문득

이래서는 안 되지, 안 되지 하면서 삶은 새로 시작하는 것

풀밭이 나에게 파도로 밀려오는 것 같다

풀을 베려고 나왔으면 온몸으로 베어야 한다

언덕 넘어 대학생 농활대가 점심 먹으러 올 때까지는
나도 이만큼 했다네, 풀더미를 보여주며 으쓱댈 수 있
어야 한다
나는 자세를 낮추어 풀밭 속으로 낯을 갖다대며
비로소 푸르게 물이 드는 사람이 되려고 한다

5부

겨울 엽서

쫓겨난 교문 밖에서
세번째 겨울을 맞습니다
그대의 하늘 쪽을 바라보는 동안
이 엽서에 퍼담을 수 없을 만큼
눈이 내렸습니다
보고 싶다는 말만 쓰려고 했습니다
눈 덮인 학교 운동장을
맨 먼저 발자국 찍으며 걸어갈 아이를
멀찍이 뒤에서 불러보고 싶다는 말은
정말 쓰지 않으려고 했습니다
사랑이여
그대와 나를 합하여
우리라고 부르는 날이 다시 올 때까지는
나는 봄도 기다리지 않기로 했습니다

법대로

대학을 법대로 가서
판사 검사가 되는 것만이
자신과 조국을 위하는 길은 아니라고 가르치던 그는
교원노조 결성에 참여했다는 이유로
나이 오십이 넘어 해직교사가 되었다
단체행동에다 명령불복종에다 성실의 의무 위반까지
법대로 그는
파면이 되었다

대학을 법대로 가서
판사 검사가 되는 것만이
부모에 효도요 나라에 충성하는 길이라고 가르치던 그는
교원노조 결성을 저지했다는 공로로
나이 오십도 못 돼 교장이 되었다
모범표창에다 우수교원상에다 청와대 오찬까지
법대로 그는
승진을 하였다

교원노동자가 되어

이 교과서는
경찰서장을 만든다 경찰서장이 안 되면
전투경찰의 방패라도 되어야 한다고
화염병 때문에 국가가 혼란스럽게 된다고
이 교과서는 가르친다

이 교과서는
사장을 만든다 사장이 안 되면
구사대의 각목이라도 되어야 한다고
노동자들 때문에 사회가 안정을 잃는다고
이 교과서는 가르친다

이 교과서 공부하기 싫어하는 놈들이
밥 처먹고 데모나 하고
이 교과서 공부 안 한 놈들이
일손 놓고 파업이나 하고 자빠졌다고
가르친다

그러나 나는 가르칠 수 없다
이 교과서를 배운 자가
권력자가 되고 자본가가 되어
공권력을 함부로 투입하고
노동력을 착취하고
여론을 왜곡하고 있기 때문이다
힘 있다는 것들이 출세했다는 것들이
채 한 줌도 안 되는 검불 같은 것들이
한 끼의 밥과 한 모금의 물로 안정을 갈망하는
절대다수의 주인들을 억압했기 때문이다
이 교과서를 배웠다는 자가
세상을 혼란스럽게 만들고 있기 때문이다
그리하여 이제 나는 다시 태어나
노동자가 되어

이 교과서를 가르치련다

너희는 놀고 먹는 돼지가 되지 말고
일하는 사람이 되라고
일하는 사람이 주인이 되는 세상을 위해
싸우는 일이라면 그때는
돌멩이가 되고
화염병이 되고
함성이 되고
깃발이 되라고
교원노동자가 되어 가르치련다

송어회를 먹으며

오늘도 마지막 수업보다 먼저
날이 저물었습니다
교무실 책상 자물쇠를 채우고
툴툴 보채는 자전거를 타고
우리는 모처럼 송어 횟집에 갔습니다
땅에 떨어진 먹이는
죽어도 먹지 않는다고
담수어의 귀족
지조 높은 생물이라는
송어회를 한 접시 시켜놓고
우리는 불평과 불만을 안주 삼아
소주잔부터 돌립니다
형님
북녘 어느 산 속에서
탄광노동자로 일하는 형님을
나는 생각합니다

막장에서 돌아와
눈빛과 이빨만 반짝이며
푸푸 하며 몸을 씻고 있을
형님의 팔뚝을 생각합니다
목숨 내놓고 일하는 사람이어서
북녘에서 가장 존경받는다는
형님도 지금쯤
저녁 밥상 가에 둘러앉아 있겠지요
하루의 노동의 끝을 밝히는
전등 불빛을 이마에 받으며
형님도 송어회를 먹고 있는지요
맑고 찬 물에서 뛰는 송어 중에
한 놈을 낚아올려
들깻잎 위에
초고추장에
풋고추에
마늘에

그리고 한 점 송어회를 얹어
꿀꺽 삼키고 있는지요

형님
형님이 목숨을 걸고
광맥을 찾아
천 길 땅 속을 파들어가듯이
가르치는 일 하나에
우리도 한 목숨을 걸고 싶습니다
분필밥을 먹는
존경받는 노동자가 되려고
땅에 떨어진 이름을
교원노조 깃발에 내걸었습니다
송어는 비늘 없는 몸에
칠색 무지개를 감고 산다지만
형님
우리가 산다는 것은

몸에 무지개를 두르기 위해서가 아님을
형님은 아시지요
우리가 하나 되어
똑같이 노동자로 만나는 날
그날을 위해
형님 얼굴에는 석탄 가루가
우리 어깨에는 분필 가루가
깃발로 펄럭일
그 세상을 위해
비로소 싸움을 걸었습니다
보고 싶습니다 형님

아내의 꿈

끝까지 탈퇴각서를 쓰지 않는다면
법대로 처리할 수밖에 없다는
교장의 협박전화를 받고는
아내는 토끼 새끼처럼 오돌오돌 떨었습니다

지아비가 밥줄 끊어지는 것을
남의 일처럼 보고만 있느냐고
사내 마음은 여자가 어찌 하느냐에 달렸다고
시어머니의 뜨거운 질책에
아내는 소나기로 펑펑 울었습니다

학교 떠나 어디 가서 참교육 하느냐고
더 큰 전진을 위해 일보후퇴하고
다시 앞날을 기약해보아야 한다는
우리 학교 선생님들 안타까운 설득에
아내는 그날밤 한숨도 자지 못하였습니다

내가 해고된 뒤에는 남들 보기도
부끄럽다며 바깥 나들이 횟수가 줄고
툭하면 침울해지던 아내였습니다
아이가 아프거나 반찬거리가 떨어지면
짜증 먼저 부리던 아내였습니다

그 아내가 변했습니다
어느 날부터인가 한 장 한 장 유인물을 돌리고
가슴에 참교육 배지를 달고 다니고
길거리에서 지지 서명을 받기 시작하였습니다
집회에 참석하여 노래를 배워 부르고
그 가는 손목으로 구호를 외치기 시작하였습니다
나약하기만 하던 한 여성이
그 아내가 무척 변했습니다

전보다 학교 환경이 부쩍 나아지고
평교사의 봉급이 대폭 오른다고 해도

가르치고 싶은 것을
뜻대로 바르게 가르치지 못하는 학교라면
그런 학교로는 안 돌아가도 좋다고
피땀 흘려 싸워서 얻은 것이 아닌
그저 주는 떡이라면 안 먹어도 괜찮다고
지금 비록 궁핍하지만
아내는 무척 넉넉해졌습니다

당신이 부여안고 있는 깃발이
하늘보다 더 푸르고 싱싱하게 휘날릴
그날이 오면
당신을 쫓아낸 사람들의 허물도
그 깃발로 감싸주어야 하지 않겠느냐고
어느새 아내는 나를 가르치는 교사입니다
다시 분필을 드는 그날이 오면
죽어도 교단에서 내려오지 말고
언제까지나 사모님 소리 좀 듣게 해달라고

아내는 상추같이 웃으며 아침 상을 차립니다

밥

밥그릇을 빼앗긴 지 일 년이 되었습니다
그 동안 놀고 먹지는 않았습니다
벽보와 풀통을 들고 거리를 헤매기는 했습니다만
입에 풀칠하기 위한 일은 아니었습니다
빼앗겨본 적이 있는 사람은
빼앗은 사람의 이름과 성격을
머리끝까지 새겨두고 살아갑니다

민석이 백일 지나 밖에 안고 나가니

민석이 백일 지나 밖에 안고 나가니
동네 어르신네들 하시는 말씀 있다
그놈 참 잘도 생겼다 장군감이로구나
얼럴 얼럴러 깍꿍
그놈 참 미끈하게도 생겼다 대통령감이로구나
볼기짝 한 대 철썩
그런데 그런 덕담도 어째 내 귀에는
반갑게 들리지 않는다 민석아
나는 네가 먼 훗날 제발
장군이나 대통령이 되지 않았으면 좋겠다

조국을 지키는 일보다
정권의 들러리나 서는 장군이라면
부하에겐 늑대가 되고
상관에겐 쥐새끼가 되는 장군이라면
하늘의 별보다 어깨 위의 별에 눈먼 장군이라면
아직도 반공만이 살 길이라고 믿는 장군이라면

어느 땐가 때가 오면 혼란을 틈타
군복을 벗어던지고 싶어하는 장군이라면
학살을 하고도 피 묻은 손을
태연히 감추고 있는 대통령이라면
최루탄이 없으면 단 하루도 버티지 못할 대통령이라면
세계에서 유례없이 천육백 명이나 되는 교사를
교단에서 몰아낸 대통령이라면
정권 유지 수단으로 통일을 이용하는 대통령이라면
믿어주세요 하고는 금방 국민을 속이는
대통령이라면

그런 장군 그런 대통령 개에게나 주고
민석아 나는 네가 먼 훗날
이런 장군 이런 대통령이 되었으면 좋겠다
외국 군대가 우리 땅을 설치고 다니면
분노의 칼을 들어 물리칠 줄 알며
권좌에는 티끌만큼도 욕심 없는 장군 말이다

자본가의 흰 손보다
일하는 사람의 거친 손을 제일 귀하게 여기며
백성을 하늘로 섬기는 대통령 말이다
누구나 그 앞에 무릎 꿇고 싶은 사람 말이다
그날이 와서
민석아 네가 장군이나 대통령이 되지 못하고
싸리빗자루를 들고 그이의 집 마당을 쓰는
사람이 되어도 나는 좋겠다
날마다 펜으로 그이를 찬양하는 시를 쓰는
시인이 되어도 나는 좋겠다

스티커를 붙이며

교통순경이라도 보면 어쩌나
시청 담당공무원에게 들키면 어쩌나
말쑥하게 차린 저 사람
혹시나 기관원은 아닐까
학부모나 아이들이 보지는 않을까
학교에서 주눅든 소시민의 때를
쫓겨나서도 채 벗기지 못한
해진 출석부같이 얇은 선생님들이
행여나 마음 졸이며
스티커를 붙인다

한 장이라도 더 재빠르게
한 사람이라도 더 볼 수 있도록
눈에 잘 띄는 곳에
교문에 전봇대에
보도블럭 위에 대합실 벽에

스티커 한 장 붙이는 일도
거대한 권력과 맞서 싸우는 일이다
교실에서 가르치지 못한 아이들을
거리에서 제대로 가르치는 일이다
밥 때가 되어 배는 고파와도
손목이 저려와도

떼어지지 않도록
싹싹 문질러
아이들에게 돌아갈 길이 트일 때까지
우리들의 결의와 분노와 증오의 힘까지
손가락 끝에 모아
한 장 반듯한 사랑으로 새겨질 때까지
문지르고 문질러
스티커를 붙인다

우리 동네 오리온 공장

우리 동네 오리온 공장은
내 추억 속 별 총총 어머니 졸라 사먹던
동양제과 비스킷 만드는 곳

흰 빵모자 쓴 어린 노동자들
파업중이다 요즈음
며칠째 과자 굽는 냄새 나지 않고
노조를 인정하지 못하겠다는 사장에 맞서
싸운다 어깨에 어깨를 겯고
울며 부르는 노래가
빗줄기되어 동네를 적신다

노조를 만들었다고
나도 학교에서 쫓겨난 선생

가르치고 싶다 오늘은
우리집 아이에게 오리온 과자 한 봉지

사주고 싶다 저 언니들이
붉은 머리띠를 묶는
저 손들이 바로
맛있는 과자며 빵을 만드는 손이라는 것을
이 세상에서 둘도 없는
가장 깨끗한 손이라는 것을

그리운 이리중학교

교문 앞 문방구에 1학년들 아침 새떼로 왁자그르르 내려앉는 소리
뛰어가다가 인사하고 다시 내달리는 발자국 소리
자전거 페달 밟는 소리 바퀴살이 바람을 감는 소리
복도에서 뒤엉키는 소리 찬란한 난장판 만드는 소리
교장 선생님 지시사항 줄줄이 지시하는 소리
접혀진 출석부같이 돌아서서 선생님들 불평하는 소리
숙직실 앞 산당화 화들짝 꽃잎 여는 소리
서무실 아가씨 타자 치는 소리 동전 거슬러주는 소리
수업시간을 절반으로 뚝 자르며 달리는 기차 소리
호통치는 소리 훌쩍이는 소리
책 읽는 소리 책장 넘기는 소리
찰흙처럼 말랑한 종아리에 차륵차륵 매 맞는 소리
아이들 쑥쑥 키가 크는 소리
체육 선생님 목에 달린 호루라기 소리
담배 피우다 교무실에 잡혀와 귀싸대기 맞는 소리
몰래 담 넘어가다 붙들려와 손바닥 싹싹 비는 소리

좁은 직원변소에 쭈그려앉아 힘쓰는 소리 한참 있다가 선생 똥 떨어지는 소리

흐린 날 분필 뚝뚝 부러지는 소리

하늘 속으로 축구공 차올리는 소리

운동부 학생들 칠면조같이 악쓰는 소리

유리창에 매달린 붉은 저녁놀이 보채는 소리

심야자율학습 감독 선생님 짜장면 후룩후룩 먹는 소리

형광등에 모기며 나방들이 날아와 붙는 소리

퇴근하고 전교조 사무실로 향하는 선생님들 발소리

적막 속으로 먼동 트는 소리

희망사항

우리집 막내 준현이는 고등학교 3학년인데요,

학교 끝나면 집으로 와서 씻고 밥 먹고 밤새 독서실 갔다가요,

새벽에 집에 와서 씻고 밥 먹고 다시 학교로 가는데요,

키가 멀쑥 큰 녀석이 코피도 자주 쏟는데요,

대학을 어디로 보내야 할지 어머니는 요즘 그게 걱정인데요,

한약재를 파는 큰아버님은 한의대 한번 가봐라 하시고요,

순경인 외삼촌은 경찰대학 한번 가봐라 하시고요,

해직교사인 나는 사범대학 쪽으로 가지 않을래 슬쩍 떠보고요,

해설

연단(鍊鍛)에서 오는 새 길의 풍경

이성욱(문학평론가)

1

내가 시인 안도현의 이름을 들은 지는 꽤 되었다. 그러나 안도현 형에게는 섭섭한 이야기겠지만 사실 나는 그의 이름보다는 그의 신춘문예 당선작인 「서울로 가는 全琫準」을 먼저 알았고 또 이 작품의 당자인 그의 이름은 금방 잊어버렸어도 그의 시제는 인상에 무척 깊이 남아 계속 기억하고 있던 터였다. 그러다 안도현이라는 이름을 비로소 정확히 기억하게 된 것은 그의 두번째 시집 『모닥불』을 읽고 나서였다.

「서울로 가는 全琫準」을 읽고 나서도 그랬지만 『모닥불』을 읽고 나서 특히나 강하게 왔던 일감(一感)은, 가까운 발치서 한 번도 본 적이 없음에도 불구하고 그가 꽤 나 단단하고 다부질 것이라는 느낌이었다. 그 단단함이 나 다부짐은 단지 시인이 조형한 형상의 질감에서뿐만 이 아니라 그의 시심의 원천이나 일상인으로서의 성정 이 두루 그런 것 같다는 느낌에서 오는 것이었다.

그러던 차에 그를 직접 만날 기회가 생겼다. 작년 '민족문학작가회의'에서 추진하던 각 지역 시낭송회가 전북지역 문인들과 공동으로 전주에서 개최되었는데 나도 우연찮게 전주에 내려가는 기차에 끼어 타게 되었다. 안도현 형은 아마 그때 행사의 사회를 보았을 것이다. 그러나 고백건대 나는 사회를 보는 그가 안도현 형이라는 사실을 행사가 끝날 때까지 몰랐었다. 그가 문제의(?) 안도현 형이라는 사실은 뒤풀이 자리에서 수인사를 통해서야 비로소 알게 되었으니 실례도 이만저만이 아니었다.

그 행사에서 사회를 보는 그를 보면서 나중에 나는 그에 대한 인상이 그다지 빗나가지 않았다는 사실을 확인하게 되었다. 그의 첫인상 중 도드라진 것은 무엇보다 까만 뿔테안경 뒤에서 한시도 멈추지 않고 '반짝반짝' 거리는 그의 눈매였다. 어떻게 보면, 장난기가 가득 담기긴 했지만 속으로는 순정한 악동의 눈길 같기도 하고,

또 어떻게 보면 맵싸하다는 느낌을 주는 눈매였는데, 하여튼 통틀어 말해 다부지되 거칠지 않은 단단함의 인상이었다. 마치 호두 그림 옆에 '크지는 않되 내실 있고 단단합니다' 라는 문구를 결합시킨 광고의 이미지를 연상시키는 것이었다. 지금 생각해도 그는 영락없이 단단한 호두를 연상시키는 인상이 아닐 수 없다.

자리를 옮겨 술을 들면서 같이 노래를 부르고 떠들고 하면서 은근히 확인한 것은 그가 마냥 단단한 것이 아니라, 좋게 말해서는(!) 제법 한량 기질, 좀 험하게(?) 말해서는 '왈왈구찌' 냄새를 피운다는 것이었다. 더구나 그런 인상과 어울려 키는 나만큼 작다는 것 등에 동류의식을 느껴서인지, 적어도 내 마음에는 퍽이나 들었고 또 기습적으로 내비치는 부드러움이 겹쳐질 때는 꽤나 매력적인 남자라는 인상을 받았지만 당초 그를 면전에서 보지 않고서 느꼈던 그에 대한 인상, 즉 단단하고 다부지다는 느낌은 철회될 수 없었다.

그런 견고함의 이미지가 이 시집에도 여전히 도드라지게 융기하고 있다. 여러 시편에서 보이는 자신에 대한 엄격한 평가와 더 험해진 삶의 행로를 감당하기 위해 신발끈을 단단히 조여매는 결단의 모습 등은 바로 그 견고함과 강단의 이미지를 마찰 없이 불러일으키기 때문이다. 물론 이 시집은 그런 견고함뿐만이 아니라 안타까운 회고나 쓸쓸한 마음결들이 서로 위아래, 혹은 안팎으로 교직되어 있다. 또 자신에 대한 질책이나 자괴심, 열패감 등이 수시로 나타난다. 하지만 그것은 밑바닥으로만 머리를 내미는 심약한 자조가 아니기에 표현 그 자체로 받아들여서는 될 법한 일이 아니다. 오히려 눈여겨보아야 할 사실은 그런 감수성을 만들어낸 현실의 냉엄함을 속상하지만 겸허하게 인정하는 것과 거기서 다시, 그것도 가장 쓸쓸하게 가장 외롭게 가장 낮게 시작하려는 작심을 품어오는 것이 그런 견고한 삶의 자세가 없으면 되지 않을 것이라는 점이다. 그런 점에서 이 시집은 그한테 전에 느꼈던 인상을 재삼 확인시켜주는 셈이었다.

2

지금 시인의 몸 안에는 울혈 덩어리가 많다. 시인은 묵상하며 여태껏 자신이 걸어온 길이 울혈로 맺혀 있는 것에 대해 적지 않은 열패감을 느끼고 있다. 그는 그것을 풀기 위해 자신의 정신과 몸을 조심조심 만져보며 찬찬히 진단해보고 있다. 시편의 대다수가 내성(內省)의 흐름인 것도 그런 점 때문인 듯싶다. 그 속에서 먼저 느

꺼지는 것은 그 울혈의 존재가 만들어내는 엷은 자괴의 감정이다. 하지만 시인은 그것을 묵묵히 받아들이며 안으로 내연시키고자 한다. 그 내연의 과정에서 지향하는 것은 다시 쌓고픈 자존의 높이이다. 때문에 이 시집에서 자괴를 싸안아오는 그의 실존적 고민은 자존의 높이를 재구축하는 일과 서로 팽팽하게 긴장되어 있는 바이다.

많은 시편들이 일종의 자문자답 형식으로 이루어져 있다는 것은 이 긴장된 내성의 측면과 긴히 맞닿아 있다. 여기서 자문의 대상은 예상되다시피 시인의 생활과 내면이며 이어 자신에 대한 힐난이나 준열한 질책 등이 그 뒤를 따른다. 한편 자답은 그런 물음 연후에 어떻게 혁신하고 처신할 것인가에 대한 진중한 모색과 결기의 다짐이다. 물론 자문이 곧바로 지혜로운 자답을 끌어오지 못할 수도 있다. 하지만 자답을 곧바로 내오지는 못한다 하더라도 자문 하나만은 야무지게 해보고 싶다는 마음이 여실히 나타나고 있는 것은 분명하다.

자문 뒤에 따를 자답, 그 자답의 육화를 위해서 필요한 것은 일종의 새로운 꿈꾸기가 아닐 수 없다. 꿈꾸기가 어려운 세상인심, 아니 꿈꾸기에 지쳐하는 시절, 누구는 꿈이란 이제 없다고 웅얼대며 투명한 소주만 마시는, 그래서 세상에서 투명하게 보이는 것은 소주밖에 없다고 명정(酩酊)에 곤두박질치는 세류에, 혹은 많은 이들이 재빠른 '현실주의'로 변신하는, 시인의 상상력과 꿈이 자꾸만 궁핍해져가는 듯한 이 시대에 그는 이제 새롭게 꿈꾼다. 비로소 꿈꾸려 한다. 시인은 꿈꾸는 자이다라는 '고색창연'한 주제를 씹고 또 씹는 것이다. 그러나 꿈은 항상 현실을 예비하는 행위이다. 꿈이 현실을 준비하는 것이 되지 못할 때 그것은 창백한 자위일 뿐이라는 것을 그는 잘 알고 있다. 그렇지만 이제 세상길이의 어느 만큼은 와본 연후에 오는, 그래서 웬만큼 세상을 살아낸 다음에 오는, 결코 녹록지 않은 꿈꾸기이기에 그 꿈의 현실적 육화는 이전보다 더한 가능성의 기대를 낳는다. 누구도 꿈꾸지 않는 시절, 새로운 꿈의 모양을 세상에 하나하나, 정확히 박음질하기 위해 시인은 먼저 해야 할 일을 찾는다. 그 먼저 해야 할 일은 다름아닌 자신을 정직히 돌아보고 직시하는 것, 그리고 그 돌아보는 행위 속에 자신을 칼날 같은 '자아비판' 앞에 세우고 다시 달구는 일이다.

이런 행위는 이른바 '반성', 혹은 이 말이 너무 지겨우면 자성이라 표할 수 있을, 아무튼 그런 것에 속한다. 생각해보면 지난 80년대 우리는 무던히도 싸워왔다. 질곡의 깊이가 너무 깊었기에 싸움의 강도도 그만큼 높았고 또 그 속도도 무척이나 빨랐으며 그 강도와 속도가 더하면 더할수록 우리가 희망하는 것은 더 빨리 올 줄 알았다. 그렇지만 분명 그런 싸움 속에서 꿈꾸었던 것 중 많은 것이 이제는 역사에서 시효를 상실한 것처럼 치부되고 있고 또 그것은 그것 나름대로 일정수준의 설득력을 얻고 있다. 하지만 다른 한편으로 그런 결과는 그 시효 상실을 예비하고 다른 방략을 구하지 못했던 우리의 안일과 무능력에서 기인하는 오류의 결과일 수도 있다. 그런 점에서 이런 오류는 개인의 진실 차원에서든 집단의 진실 차원에서든 지난 시절 그 싸움의 강도만큼이나 맵게 반성되고 정확히 재평가되어야 할 터이다. 그러나 둘러보면 자기반성이나 평가의 부실함 또는 회피에 너무나 관대한 우리들이 아닌가. 혹은 그 반성이 있다고 해도 내부분열적 반성에 그치는 경우가 많지 않던가. 오늘 시인은 그 남루해진 듯한 반성의 거울을 정성 들여 닦고 그 앞에 자신을 들이민다. 자신의 몸뚱어리 깊숙한 곳에서 그리고 세상의 밑바닥에서 올라오는 많은 목소리에 자신의 귀를 연다. 그러나 한편으로 그런 의식은 자신에게만이 아니라 세상 사람들 모두에게 적용되어야 한다는 메시지의 타전과 다를 바 없다. 하지만 그것이 광야의 홀로 목소리로만 남지 않을까? 혹은 재바른 사람들이 시인의 목마른 타전에 얼마나 귀를 열어줄까? 무척이나 저어되지 않을 수 없다.

3

이즈음 세상 돌아가는 모양새가 그처럼 팍팍하다면 다시 한번 세상을 바로 세워보자고 청하는 목소리가 그 전만큼의 효과를 보지는 못할 것이기에 그 목소리를 시인은 일종의 에움길로 보낼 수도 있다. 사실 그 편이 상식일는지도 모른다. 그러나 시인은 그 상식을 역전하고 우리의 의표를 찌른다. 곧바로 치고 들어오는 것이다. 시인은 거두절미하고 시집을 '너에게 묻는다'로 출발시킨다. 단 세 마디로 기습해온다.

연탄재 함부로 발로 차지 마라
너는
누구에게 한 번이라도 뜨거운 사람이었느냐

—「너에게 묻는다」 전문

그 '너'는 이 시집을 읽는 당신일 수도 있고, 시라고는 특히나 이런 시라고는 안면도 익혀본 적이 없는 사람일 수도 있으며, 나아가서는 이 세상 모든 사람일 수도 있다. 하지만 '너'는 아무래도 시인 자신과 그 시인과 유사한 삶의 유적을 만들어왔던 사람들인 듯하다. 어떻게 보면 시인과 우리는 꽤나 뜨겁게 살아왔다고 자부할 수 있을는지 모른다. 그러나 속내 한 겹만 더 들어가서 다시 물어보면, 정말 뜨거웠던가? 스스로 뜨거웠던 것이 아니라, 뜨거운 사우나 속의 몸뚱어리가 그 습기의 뜨거움을 자신의 뜨거움으로 착각하듯이 역사 스스로의 뜨거움을 자신의 뜨거움으로 오인하지는 않았는지. 시인 자신과 우리에게 보내는 준열한 질책이자 나무람이 아닐 수 없다.

이처럼 우리는 이 시집 읽기를 위해서는 한번 가슴 깊이 '뜨끔'이라는 징검돌을 밟아야 한다. 시인은 이와 같은 기습을 통해 우리를 단박에 긴장시킨 다음에야 「너에게 묻는다」에 깔려 있는 자성의 시그널을 여러 모양의 거울과 기호로 변주시킨다. 이 변주는 주로 겉모양으로는 자신의 안팎(그러나 우리 모두를 포함하는) 풍경을 대상으로 하여 물어보고, 희망하고, 다짐하는 화성으로 이루어진다. 그것은 예컨대 "나는 오늘 하루 밥값을 했는가"(「먼 불빛」)라고 자문해보는 대목이나 자신의 시작

(詩作)을 되돌아보면서 다시금 시작의 긴장의 끈을 팽팽히 잡아당기려는 다짐의 심사를 보여주는 「겨울밤에 시 쓰기」 「반쯤 깨진 연탄」 등등이 「너에게 묻는다」가 던지는 질문의 이형동질이라는 것에서 목도되는 바이다.

시인이 두려워하는 것은 자신의 모자람이나 잘못이 아니다. 그것은 인생 다반사이고 좋은 반면교사일 수도 있다. 때문에 그는 그것에 대한 인정에 인색지 아니하며 더욱이 만약 잘못이 있다면 그것을 교정하고 넘어설 의지가 여전하기에 시인에게 그런 것은 넘을 수 없는 벽이 아니다. 잘못도 있고 실수도 있겠지만 다시 일어나 앞으로 가면 된다. 시인이 두려워하고 못 견뎌하는 것은 힘 미치지 못해 쓰러지는 것이 아니라 힘 다하지 않고 무릎 꿇는 것이다. 이런 심리는 다음과 같은 시에 적절하게 나타난다.

언젠가는 나도 활활 타오르고 싶은 것이다
나를 끝 닿는 데까지 한번 밀어붙여보고 싶은 것이다
타고 왔던 트럭에 실려 다시 돌아가면
연탄, 처음으로 붙여진 나의 이름도
으깨어져 나의 존재도 까마득히 뭉개질 터이니
죽어도 여기서 찬란한 끝장을 한번 보고 싶은 것이다

—「반쯤 깨진 연탄」 중에서

뭔가를 다시 시작하고 싶은 시인(그리고 우리들)의 마음은 그 두려움을 깨칠 수 있는 힘을 찾는다. 그 힘은 머릿속에서 혹은 '그 좋았던 시절'에 대한 추억 속에서 주어지는 것이 아니라 자신의 꼴을 투명하게 보는 것, 그 속에서 자신의 아포리를 확인하고 모자란 것을 튼실하게 채워넣는, 결코 만만치 않은 어려운 길이란 사실을 그는 예감하고 있다. 그 출발의 탄성(彈聲)으로서 그는 자신의 꼴을 가끔은 자탄으로 가끔은 부끄러움으로 또 가끔은 후회스러운 심정으로 살펴보는 것을 택한다. 이는 시인 자신 즉 '나'에 대한 상상력 요소의 확장을 통해 이루어지고 있다. 이 상상력은 이를테면 옷이나 집, 자전거, 연탄, 기관차, 튀밥 등과 같이 생활 곳곳에 산재해 있는 가장 일상적인 것에서부터 나무, 모악산, 서해, 만경평야 등등의 무쌍한 자연까지에서 얻어온다. 이런 요소들은 '나'를 비춰주는 거울이 되고 '나'를 성찰케 해주는 상징이 되는 것이다. 이 상상력의 그물이 지나가는 곳에서 '나'의 형상은 어떻게 거두어질까?

'나'는 이렇게 묘사된다. "한 덩이 재로 남는 게 두려워/여태껏 나는 그 누구에게 연탄 한 장도 되지 못"해

'나'를 으깨 "눈 내려 세상이 미끄러운 어느 이른 아침에/나 아닌 그 누가 마음 놓고 걸어갈/그 길을 만들 줄도 몰랐었"(「연탄 한 장」)던 자, "저 아래 도시에서 한 뼘이라도 아파트 평수를 늘리려고/얼마나 얕은 물가에서 첨벙대기만 했"(「모악산을 오르며」)던 자, "튀밥으로 배 채우려는 욕심"처럼 "순식간에 뒤집히는 삶을 기다려오지는 않았는지"(「튀밥에 대하여」) 모를 자, 또는 "그 동안 세상 바깥에서 세상 속을 몰래 훔쳐보기만 했"(「겨울밤에 시쓰기」)던 자, 그래서 혹시나 "한 마리 딱정벌레나"(「나의 경제」) 혹은 "흙탕물 속에서 먹이를 찾아 두리번거리는 늪개구리"(「옷」)일지도 모르는 자가 바로 '나'인 셈이다. 그런 까닭에 "나는 오늘 하루 밥값을 했는가/못했는가 생각할수록 어두워지"(「먼 불빛」)는 듯하고 "이 세상에 소풍 와서/여태 무슨 냄새를 풍기고 있었"(「이 세상에 소풍 와서」)는지 모를 "나는 고쳐야 할 것이 너무 많은/인간" 혹은 "인간도 아니다"(「이 늦은 참회를 너는 아는지」). 그렇기 때문에 '나'는 "나 아닌 것들을 위해, 아니 나 자신을 위해서도/(……) 한 번도 목숨 걸고 살아본 적이 없"(「나에게 보내는 노래」)었던 인물로 회고되는 것이다.

시인은 자신을 이렇게 누추한 존재로 발가벗기고 엄

하게 다루고 있다. 그 다음에는? 그는 자신이 배워야 할 것을 찾아나선다. 그러나 그 배움의 대상은 새로운 것이 아니다. 이미 세상에 있었고 지금도 있는 것, 그러나 우리가 지나쳐온 것, 깊은 사념으로 바라보아야 할 현상을 그냥 수월하게 여긴 것 등이 그것이다. 「연탄 한 장」을 보자. 이 시에서 눈에 자꾸 걸리는 대목은 "온몸으로 사랑하고 나면/한 덩이 재로 쓸쓸하게 남는 게 두려워"이다. 온몸으로 지극함을 다하고 나서도 재로 쓸쓸히 남는다는 것, 그것은 정히 두려운 일일 터이다. 아니 지체 중단 하나만으로 그러하고 나서도 '이름도 빛도 없이' 스러지는 것은 못 견딜 일일 터이다.

시인이 혹은 우리가 이러저러한 삶을 살면서 그래도 사람값은 제대로 하고 살아야겠다고, 이 앙다물고 모진 간난이나 미혹에 견딜 수 있었던 것도 아마도 알게 모르게 언젠가는 그 반대 급부가 올 것이라는 기대가 존재했었기 때문일는지도 모를 일이다. 어떻든 개인이든 집단이든 우리가 옳다! 하고 세상에 자신을 던져넣은 것은 그것을 끌어당겼던 무엇이 그 뿌리를 이루고 있었기 때문일 것이다. 그것을 희망이라 부르든 욕망이라 부르든 상관없다. 문제는 희망이든 욕망이든 그것이 생명과 사랑의 튼튼한 동아줄이기 때문이었다. 그러나 지금 와서 다시 생각해보건대 그 동아줄의 한 올 한 올은, 혹시 문명(文名)에 대한 갈급함이 아니었을까? 혹은 내가 이렇게 헌신하고 있는데 좋은 세상은 결단코 내 눈앞에서 이루어져야 한다는 '당대주의'는 아니었을까? 그도 저도 아니면 적어도 재로 된다 해도 그 과정과 흔적은 누가 분명히 알아주기를 바라는 마음이 아니었을까? 모를 일이다. 그러나 아무튼 시인은 이제 재로 남아야 한다고 한다. 이런 마음은 가령 그 자체로 제값을 다하는 헌신과 희생이라는 표상을 떠올리는「해와 달」「우물」등의 마음과 닮아 있다.

시인은 모서리가 닳아 너덜해질 대로 너덜해진 사랑, 헌신, 희생 등등의 낡은 말에 왜 이리 집착하는 것일까? 이런 의문 앞에 시인은 다시 묻는다. 내가 혹시 당신이 그런 것에 고개를 끄덕였다 해도 참으로 "한 번이라도 뜨거운" 사랑이었냐고, 헌신이었냐고, 희생이었냐고. 말하자면 시인은 그런 말들의 형식을 재론하고 있는 것이 아니다. 그 내용을 따지는 것이다. 딱딱히 말해 그런 것들의 외연과 내포를 극한까지 밀고 나가보자는 것이다. 사랑이나 헌신 등의 표상은 없었던 것이 아니다. 시인이 배우고자 하는 질문은 요컨대 예사로이 있던 그것에 어느덧 배어 있는 우리의 사사로움이나 소탐을 어떻게 하면 벗겨낼 수 있는가에 가 있다.

이미 있는 것을 달리 보는 것 그것을 옛날 우리가 받았던 '의식화교육'에서는 '시각교정'이라 했던가. 대상을 다른 시각에서 달리 본다는 뜻일 것이다. '우리의 혈맹국' 미국을 제국주의로 혹은 시인이 학교에서 배운 "위대한 민족의 지도자"(「학교로 가는 길」) 박정희를 독재자로 알게 한 것은 그 '시각교정' 덕이었다. 그러나 그 시각교정은 아직 소각(小覺)일 뿐이어서 있다가도 곧잘 없어질 수도 있고, 없다가도 느닷없이 생기는 것일 수도 있다. 세상의 이치를 깨닫는다는 것, 사람살이의 속살에 얼룩진 곡절의 사연을 볼 수 있다는 것, 해서 세상과 사람을 입체적으로 이해할 수 있다는 것은 큰 깨달음일 텐데, 그것을 위해 필요한 것은 거듭되는 '시각교정'일 터이다. 시인은 이 시각교정의 과정을 밟아나가고 있다. 이는 마음 한번 달리 먹으면 지옥이 천국이라는 관념놀음이 아니라 현실의 엄정한 객관성을 몰각하지 않겠다는 자세에서 나오는 것이기에 핍진성의 품격을 수반하고 있다.

이 달리 봄을 위해 시인은 "서울 사는 친구"를 빌려 자신에게 그리고 벗들에게 이야기한다. 이제껏 노력했던 것이 겨울 마파람에 낙엽처럼 다 날아가버리는 듯하고,

그 때문인지 사는 게 사는 것 같지 않을 때 자연과 세상을 새삼 다시 한번 둘러보고 그것에 깃들어 있는 문리(文理)가 제 모습을 어떻게 드러내는가를 생각해보라고. 이전의 세상 논리를 벗고 다시 둘러본 세상 제 몸에 맞는 논리를 올려보자고.

이 달리 봄은 한편으로 이전에 느끼지 못했던 것을 알게 해준다. 시인이 "흉터투성이" 군산 앞바다 서해를 마주할 때 그런 듯하다. 이야기해보자. 항용 동해는 푸르다 한다. 한 가지 색이다라는 말이다. 그래서인지 동해가 주는 이미지는 순진한 유년의 그것이다. 하지만 서해는 그렇지 않다. 푸르지도 않으며 한 가지 색도 아니다. 서해는 곳곳의 색이 다 다르다. 온갖 것이 다 섞여 있는 듯한 색깔이다. 어떤 곳은 회색빛이고 어떤 곳은 황토빛이다. 또 어떤 곳은 우리 색감으로 구분이 되지 않는다. 동해는 어쩌면 밝음 그리고 햇살의 이미지와 닮아 있다. 그러나 서해는 슬픔의 사념으로 떠오르는 듯하다. 동해안은 곧바른 모양이다. 반듯하고 잘 뻗은 포도(鋪道)를 연상시킨다. 하지만 서해는 그렇지 않다. 우리네 인생의 곡절과 사연의 굴곡만큼이나 꾸불꾸불 구절양장이다. 순진하지만은 않고, 밝지만은 않고, 곧바르지만은 않고 그리고 단순하지만은 않은 것이 세상이라 하는데, 그 속에서 버티며 살아야 하는 우리네 삶도 마찬가지로 단순치 않다. 서해는 그러나 깨끗한 것에서부터 더러운 것까지, 높은 것에서부터 낮은 것까지 다 받아들이고 품어낸다. 그것이 서해의 품이다.

군산 앞바다 서해는 세상살이의 모든 것을 이루는 것들이 한데 엉켜 웅성거리는 혼융과 화엄의 바다이다. 그 서해는 세상이 주는 상처로 검은 멍이 든다. 그러나 자기의 역사는 놓치지 않는다. 시인은 세상의 본디 모양을 닮은 그런 서해를 보면서 세상 스스로의 조리를 어떻게 이해하고 닮아갈 것인가 묵상하는 듯하다. 세상에서 마음에 드는 색깔만, 모양만 적출하는 편벽함이 아니라 또는 익숙한 자기 눈길로만 보는 것이 아니라 이것저것 다 받아들이며 그 속에서 상처받고 가슴에 멍울들더라도 바다의 본질은 잃지 않는 서해의 넉넉한 품새를 자신의 삶과 비교해보는 듯하다.

또 이런 것은 어떤가. 「나무」를 보면 시인은 나무를 빌려 자신을 논하고 있다. 시인은 나무를 보며 "왜 가지가지 신경통을 모르겠으며"라는 생각을 하게 된다. 그 가지가지의 신경통은 고달프고 누추한 일상의 잔가지들일 수 있다. 우리네 삶에서도 문제는 항상 이런 잔가지일 수 있다. 굵고 표나는 삶을 지향한다고 믿는 삶을 피곤

하게 만드는 일상의 잔가지 같은 것들, 그러나 그것은 우리가 애써서 챙기지 않으면 안 되는 것들임에도 불구하고 그것을 경시한 채 삶의 진면목을 다 아는 듯이 행세한 자신과 우리의 논리를 시인은 다시 생각하고 있다. 그러나 나무는 가지가지 신경통의 번다함과 귀찮음을 묵묵히 받아들이면서도 자신을 버팀목으로 키워가는 굵은 과정을 가는바, 시인은 그 나무를 다시 그리고 달리 보면서 우리를 환기시키고 있는 것이다.

'잔가지의 신경통' 을 보지 못하는 삶은 성긴 삶일 테고 자칫하면 투기성 삶일 수도 있다는 염려는 그런 잔가지를 바른 삶의 테마에서 빠져서는 안 될 것으로, 새롭게 각성하게 한다. 그런 마음의 맥락은 '튀밥' 에도 연해 있다. "삶이 가르쳐준 길을 따라 제대로/나는 가고 있는지, 가령/(……)/순식간에 뒤집히는 삶을 기다려오지는 않았는지/튀밥으로 배 채우려는 욕심이 크면 클수록/입안에는 혓바늘이 각성처럼 돋지/안 먹겠다고, 저녁밥 안 먹겠다고 떼쓰다/어머니한테 혼나고 매만 맞는 거지" (「튀밥에 대하여」)

4

시인은 배우려 한다. 세상의 모든 물상을 다시 보는 눈을 통해, 자신의 시각을 다른 각도로 조정해보면서. 그러나 그런 배움이 눈의 각도만 달라지고 넓어진다고 해서 성큼 올 리는 없다. 배움의 대상을 제대로 잡았을 때 그것을 자기 것으로 체현하기 위해서 필연적으로 받아들여야 할 것은, 어쩌면 혹독한 연단(鍊鍛)과 거기에 맞물려 올 고행일는지 모를 일이다. 그 연단의 과정은 "턱끝까지 숨이 차오"르는, 언제 끝날지 모르는, 다만 계속 숨차고 단내 나는 그리고 몸에서는 신 살구내음 나는 길일 터이지만 시인은 마치 훈련소의 신병처럼 온몸 긴장되어 바닥을 기면서, 입 속으로 흙이 들어가 씹혀도, 튀어오른 돌멩이에 무릎이 까져도, 그것은 하나하나 다시금 확인해야 할 세상의 풍경이고 속내평이라 여기면서 그 길을 가려 한다. 그런 연후에만 "그 동안 세상 바깥에서"(「겨울밤에 시쓰기」) 서성거리던 자신이 이제는 한복판으로 들어갈 수 있기 때문이다. "나는 해놓은 일이 없음을 깨닫는다 문득/이래서는 안 되지, 안 되지 하면서 삶은 새로 시작하는 것"이라 자신을 환기시키면서 "자세를 낮추어 풀밭 속으로 낫을 갖다"(「풀베기」)대겠다는 자세 낮추기를 취하는 것도 예의 세상을 다시 그리고 제대로 배우기 위한 태도와 진배없다.

하지만 그 연단과정은 힘이 들어도 무척 들 일이다. 거기에는 안락과 미혹의 여지도 많을 터이다. 그때마다 시인은 한편으로는 자신을 다시 한번 격려하기도 나무라기도 그리고 다독거리기도 하고 다른 한편으로는 다시 연단의 초발심을 곧추세우고 있기도 하다. 가령 "자만심을 버려야 해/(……)/새 길을 만들어 달릴 때 너는 기관차인 것이다/끝이다, 더는 못 간다 싶을 때 힘을 내/달릴 수 있어야 모두들 너를 힘센 기관차로 부를 것이다"(「기관차를 위하여」)나 "조금만 더 가면 훌륭한 게 나올 거라는/믿기 싫지만, 그래도 던져버릴 수 없는 희망이/여기까지 우리를 데리고 온 것처럼/모항도 그렇게 가는 거야"(「모항으로 가는 길」) 혹은 "한 발 두 발 오르다가 보면/턱끝까지 숨이 차오를 때가 있는데 그러면/나는 이 세상에 결국은 고생하기 위해 왔다고 생각하며/산다는 것은/조금만 더, 가보자, 하면서 앞으로 나아가는 것이라고/내 나름대로 언뜻 결론 지어보면서/(……)/산을 오른다/내려갈 길을 분명히 알고 있다면/나는 나를 잊고 오르리라"(「모악산을 오르며」) 같은 시편들이 전자의 마음 씀씀이의 표현이라면, "세상을 꽉 껴안고"(「마늘밭 가에서」) 싶다는 결기나, "나는 그 동안 세상 바깥에서 세상 속을 몰래 훔쳐보기만 했던 것이다//다시, 볼펜을 잡아야겠다/낮은 곳으로 자꾸 제 몸을 들이미는 눈발이/오늘밤 내 사랑하는 사람들에게 이불이 되었으면 좋겠다, 라고/나는 써야겠다, 이 세상의 한복판에서/지금 내가 쓰는 시가 밥이 되고 국물이 되도록"(「겨울밤에 시쓰기」) 혹은 "날 추운데 쉬운 일이 아니다 결코/저 스스로 몸에다 불을 켠다는 것/그리하여 남에게 먼 불빛이 된다는 것은"(「먼 불빛」) 또 "인간도/가장 오래 헤맨 자의 발바닥이/가장 독한 냄새를 풍기는 법//나는 이 세상에 소풍 와서/여태 무슨 냄새를 풍기고 있었나/(……)/저물어 하산하기 전까지는/독해져야겠네 자네한테 말고/오늘 나 자신한테 말이야"(「이 세상에 소풍 와서」) 그리고 "나 아닌 것들을 위해, 아니 나 자신을 위해서도/우리는 한 번도 목숨걸고 살아본 적이 없었다/(……)/세상은 내 한몸이라도 들이밀어 바람구멍을 막아야 하는 곳/너를 위해 버려도 좋은 내 몸뚱어리 식지 않았으니/아직은 집으로 돌아갈 때가 아니다/내가 불러야 할 노래는 끝나지 않았으니/아직은 집으로 돌아갈 때가 아니다"(「나에게 보내는 노래」) 같은 시편들은 후자의 초발심을 다시 재확인하는 시편들인 셈이다.

5

누구든지 어떤 결심의 초발심으로 다시 돌아가 현재의 자신을 곧게 세워보겠다는 다짐을 할 때 그것은 대개가 투박하고 유장한 톤으로 이루어지기 쉽다. 이 시집에도 그런 경향이 나타나고 있기는 하다. 그러나 안도현 시인의 시세계는 그렇게 단조롭지 않다. 예의 다짐이 때때로 다른 모습으로 변주될 때 우리는 시인의 다양한 마음의 결과 그것의 다채로운 조형법을 볼 수 있다. 「저 물푸레나무 어린 새순도」 같은 시를 보면 그것을 곧바로 느끼게 된다. 같은 주제를 이야기한다 하더라도, 가령 세상과 엉켜보려고 "뾰족, 뾰족 연초록 새순을 밀고 나오는 것을 보면"서 그렇게 "살맛 나는 물푸레나무가 되"고 싶고 그래서 "저 습진 땅에서/이내 몸 구석구석까지/봄"이 오는 것을 보고 싶다는 감수성의 결은 예의 맹세나 다짐의 또다른 풍경을 보여주고 있기 때문이다.

이와 더불어 안도현 시인의 다채로운 시세계는 무엇보다 반짝이는 단시들에서 발견된다. 긴 시들에서 가끔 호흡이나 마디의 맺힘이 충분치 못하여, 그래서 시를 궁글려보는 재미가 덜한 반면 단시들은 시적 메시지를 축약적 구도 속에 명징하게 보여주고 있어, 거기서 맛볼 수 있는 시적 긴장감의 재미가 여간 아닌 까닭이다.

우리는 이제까지 시인이 새 길을 찾아가는 아니 뚫으려고 애쓰는 마음과 그것을 현실화시키기 위해 궁리하는 방법을 같이 둘러보았다. 아마 그 길은 시인 혼자만의 길도 아니며 또 그 혼자만이 가야 할 길은 더욱 아닐 것이다. 오늘 그는 그 길을 그와 우리가 서로 동무 되어 가야 할 것이라는 전언을 다음과 같이 타전해오고 있다.

산 첩첩 물 넘실 어려운 시절
헤쳐나갈 길 없다고 여겨질수록
친구야 가자
우리가 새 길이 되어 가자

—「새 길」 중에서

시인의 말

나를 슬프게 하는 시들

세상을 보는 방법에는 여러 가지가 있다. 80년대 시인들이 망원경으로 세상을 보았다면, 90년대 시인들은 현미경으로 본다는 사실을 일단 인정한다고 하자. 그러나 모든 것을 현미경으로만 보려고 하는 90년대적 세상 읽기 방식이 나를 슬프게 한다. 거기서 싹트는 새로운 상투성이 나를 슬프게 한다. 망원경과 현미경을 번갈아가며 보자. 때로는 그 따위 것들 없이, 있는 그대로 세상을 보자. 광장이 지겹다고 골방에만 틀어박혀 있어서야 쓰겠는가.

시로써 말할 수 있는 것은 아무것도 없다고 생각하는 사람은 나를 슬프게 한다. 그런데 시로써 말할 수 있는 게 많다고 생각하는 사람은 나를 더욱 슬프게 한다. 처음부터 끝까지 묘사 한 줄 없이 자기 뱃속에 든 것을 줄줄이 쏟아놓기만 하는 시는 나를 슬프게 한다. 얼마나 말을 하고 싶었으면 시라는 형식을 빌려 일방적인 고백을 할까 싶기도 하지만, 시의 옷을 입고 이리저리 시달리는 그 언어는 또 얼마나 몸이 아플 것인가. 말을 하고 싶어도 참을 줄 알고, 노래를 시켜도 한 번쯤은 뒤로 뺄 줄 아는 자가 시인일진대, 어두운 노래방에서 혼자만 마이크를 잡고 있는 시인은 나를 슬프게 한다.

또한 시인이란, 감정의 물결을 슬기롭게 조절하면서 헤쳐나갈 줄 알아야 할 터이다. 시란 깊은 강물 위의 노젓기와 같아서 감정을 밀었다가 당기고, 당겼다가 미는 데서 그 묘미를 찾을 수 있을 것인데, 앞으로도 뒤로도 가지 못하고 한 자리에 뱅뱅 도는 시는 나를 슬프게 한다. 앞으로 나아가야 뒤가 보이고, 뒤로 물러서야 앞이 보이는 법 아니겠는가.

술을 먹지도 않고 술에 취한 것처럼 보이는 시가 있다. 아침에 한 말을 저녁에 또 하고, 삼 년 전에 한 말을 오 년 후에 또 되풀이하는 시는 나를 슬프게 한다. 수많은 '역전앞'과 '고목나무'와 '서해바다'와 '풀장'의 동어반복이 나를 슬프게 한다.

밤톨만한 돌멩이에다가 설탕물을 바른 시도 나를 슬

프게 한다. 이 세상에서 무엇보다 소중하고 고귀한 게 사랑이라는 것을 그 누가 모르랴마는, 암컷과 수컷의 달콤한 속삭임만 옮겨 적는 대필자가 되어서는 곤란하지 않겠는가. 모든 암수가 밥을 먹고 똥을 싼 뒤에 짝짓기를 한다는 사실은 왜 관심을 두지 않는가. 때로 사랑도 독약이라는 것, 희망도 아편이라는 것을 왜 모르는가. 알면서도 왜 모르는 척하는가.

시에서 구체성은 감동의 원천이고, 삶의 생생한 근거이다. 구체성의 습지에 몸을 비벼댄 흔적이 없는 시는 나를 슬프게 한다. 미당의 시에 나오는, 옛날의 '누이의 손톱'보다 나는 말년의 '할망구의 발톱'이 더 좋은 것이다. 누이는 재기 넘치는 허구이고 할망구는 깊어진 현실이기 때문이다.

나를 슬프게 하는 시들을 앞으로도 내가 더 읽어야 할지, 말아야 할지 생각하는 일은 나를 슬프게 한다. 멀리 갈 것도 없다. 내가 이제까지 낸 시집들은 나를 슬프게 한다. 너무 많은 언어를 함부로 다루었구나. 시집으로 만들어진 수많은 나무들한테 지은 죄 크구나. 모든 후회는 또다른 후회를 낳는다는 것을 뻔히 알면서도 나는 오늘 다시 뉘우친다. 뉘우침은 그 내용이 무엇이든지 간에 순도 백 퍼센트여야 한다. 그럼에도 내 뉘우침은 뼈가 아프도록 간절하지도 않고, 다만 묽고 싱거운 것 같구나.

안도현

안도현

1984년 동아일보 신춘문예에 시가 당선되어 등단했다. 『서울로 가는 전봉준』 『모닥불』 『그대에게 가고 싶다』 『그리운 여우』 『바닷가 우체국』 『아무것도 아닌 것에 대하여』 『너에게 가려고 강을 만들었다』 『간절하게 참 철없이』 『북항』 등의 시집과 『연어』 『연어 이야기』 『관계』 『증기기관차 미카』 등의 어른을 위한 동화 외에 『백석 평전』 『안도현의 발견』 『사람 사람』 『안도현 잡문』 『그런 일』 등을 펴냈다. 시와 시학 젊은 시인상, 소월시문학상, 노작문학상, 이수문학상, 윤동주상, 백석문학상 등을 받았다. 현재 단국대 문예창작과 교수로 재직중이다.

외롭고 높고 쓸쓸한

1판	1쇄	1994년 2월 21일
1판	35쇄	2003년 7월 5일
2판	1쇄	2004년 8월 20일
2판	26쇄	2022년 8월 24일

지은이 안도현

펴낸곳 (주)문학동네 | 펴낸이 김소영
출판등록 1993년 10월 22일 제2003-000045호
주소 10881 경기도 파주시 회동길 210
전자우편 editor@munhak.com | 대표전화 031)955-8888 | 팩스 031)955-8855
문의전화 031) 955-8895(마케팅) 031) 955-8864(편집)
문학동네카페 http://cafe.naver.com/mhdn
인스타그램 @munhakdongne | 트위터 @munhakdongne
북클럽문학동네 http://bookclubmunhak.com

ISBN 89-8281-831-6 02810

www.munhak.com